Deseo™

La cama equivocada

NATALIE ANDERSON

HARLEQUIN™

Editado por HARLEQUIN IBÉRICA, S.A.
Núñez de Balboa, 56
28001 Madrid

I.S.B.N.: 978-84-687-3184-1
Depósito legal: M-16565-2013
Editor responsable: Luis Pugni
Fotomecánica: M.T. Color & Diseño, S.L. Las Rozas (Madrid)
Impresión en Black print CPI (Barcelona)
Fecha impresion para Argentina: 24.2.14
Distribuidor exclusivo para España: LOGISTA
Distribuidor para México: CODIPLYRSA
Distribuidores para Argentina: interior, BERTRAN, S.A.C. Vélez
Sársfield, 1950. Cap. Fed./ Buenos Aires y Gran Buenos Aires,
VACCARO SÁNCHEZ y Cía, S.A.

Capítulo Uno

En algún momento pasada la medianoche, Ellie se deslizó por los pasillos del lujoso hotel. La mullida alfombra silenció los rápidos pasos de sus pies descalzos. El aire acondicionado no podía apaciguar el calor que irradiaba su piel. Tenía una misión complaciente por delante y el champán y el impulso hedonista no dejaban sitio a la cordura.

Bajó por las escaleras una planta, donde sabía que estaba su habitación... contó las puertas: una, dos y tres… y abrió la siguiente.

Pero la habitación estaba vacía. Apenas había luna aquella noche, pero vio que no había nadie tumbado en la cama. De hecho, estaba perfectamente hecha y la superficie parecía la cobertura de azúcar de un bizcocho.

Ellie sintió una profunda decepción. Tenía hambre, pero no le apetecía cobertura de azúcar sino algo mucho más carnoso en lo que poder hincar el diente. Llevaba demasiado tiempo sin divertirse. Por eso, inspirada por aquel fabuloso lugar, había decidido liarse la manta a la cabeza y aceptar lo que Nathan llevaba semanas ofreciéndole. Hasta el momento, había esquivado sus invitaciones porque no sabía si era una persona íntegra, pero, ahora que estaban allí, en aquel lugar tan bonito, ya no importaba nada más que el momento.

Y, en aquel momento, quería disfrutar de que un hombre la hiciera caso. Físicamente. En un lugar tan bonito como aquel, la fantasía se podía hacer realidad, ¿no?

Sí. Ahora que había reunido por fin el valor, no iba a permitir que el destino la confundiera. La alegría de vivir le corría por las venas, así que volvió a salir al pasillo. A lo mejor, había contado mal o, tal vez, se había equivocado de lado del pasillo. Se giró y volvió a contar. Una, dos y tres. Giró con cuidado el pomo de la cuarta puerta.

Ocupada.

Los sentidos asimilaron al instante las señales… respiración regular, suave y confiada y un olor ligeramente especiado. Cerró la puerta con cuidado. Dio un par de pasos y tropezó con un zapato. Por el tamaño, comprendió que se trataba de una bota masculina. Entonces, había acertado.

Las cortinas estaban corridas casi del todo, pero el ocupante de la habitación había dejado una ranura. A lo mejor, a él también le gustaba ver el sol, la luna y las estrellas desde la cama. Ellie sonrió y parpadeó para acostumbrarse a la penumbra. Sí, en el centro de la enorme cama había una silueta tumbada, justo en el centro. El pelo oscuro contrastaba con la sábana blanca. Tenía el rostro girado y no le veía la cara. En aquel momento, una nube tapó la luna y la habitación quedó completamente sumida en la oscuridad.

Pero Ellie siguió adelante y se acercó a la cama, dejándose llevar por el deseo.

–Hola, ¿estás dormido? –murmuró.

Qué pregunta tan tonta. Sabía que estaba dormido por cómo respiraba.

–Hola –insistió posando la palma de la mano en la cama y alargando el brazo hacia él.

Tocó su piel. Estaba caliente.

Ellie apartó la mano. De repente, le estaba dando vergüenza. Sentía el corazón latiéndole aceleradamente y la adrenalina corriéndole por la sangre, así que tomó aire profundamente. Era la primera vez en su vida que tomaba la iniciativa de aquella manera. Sentía la garganta bloqueada y no se le ocurría nada que decir, pero la sensación, la tentación, la llevó a acercarse un poco más. A pesar de que se le había puesto la piel de gallina, sentía que se estaba quemando.

Se arrodilló ante la cama y comprobó que, cuanto más cerca estaba de él, más atrevida se volvía. Fue acercando la mano lentamente hacia el cuerpo que ocupaba el colchón. Llegó con las yemas de los dedos al punto en el que cambiaba la temperatura, pasando del frescor del algodón de las sábanas a la calidez de la piel humana. Haciendo un último esfuerzo, le acarició el vello.

Ellie sintió que hasta la última célula de su cuerpo se ponía contenta. Le sorprendió que aquel sencillo contacto pudiera reportarle tantísimo placer. Claro que podía ser porque todo aquello era muy arriesgado y a ella siempre le habían dado mucho reparo los riesgos, así que, en aquellos momentos, estaba de lo más excitada.

No se habían besado siquiera. Se habían limitado a hablar y a sugerir para pasar el rato y hacer el trabajo más liviano porque, últimamente, habían tenido mucho trabajo y muy aburrido, demasiado papeleo. Había esperado aquel fin de semana con ganas con la esperanza de pasarlo bien, y bien era como se lo iba a pasar si todo salía como ella quería.

Bajo la piel caliente, Ellie descubrió unos músculos fuertes y bien formados que la sorprendieron. ¿Cómo se iba a imaginar que aquellos trajes suyos tan serios escondían un cuerpo tan estupendo? Llevó una mano al pecho y otra al abdomen, retiró la sábana y buscó.

Estaba completamente desnudo.

Genial.

Estaba tan abstraída en la exploración que tardó unos segundos en percatarse del cambio que se había obrado en él. Luego, percibió la reacción de sus músculos, respondiendo a sus caricias.

Los sintió estimulados.

Animada por aquellas señales, prosiguió la exploración más abajo. Se excitó todavía más al comprobar lo excitado que estaba él. Se inclinó sobre él y comenzó a besarle por el muslo. Sintió sus manos y sus dedos perdiéndose entre sus cabellos y supo que estaba despierto.

Ellie se arrodilló en el colchón y se sentó a horcajadas encima de él.

—Oh, sí —murmuró él.

Su voz le sonó rara y lo achacó a que se acababa de despertar.

—Sí —se rio Ellie sintiendo que el corazón le latía aceleradamente ante su propio atrevimiento y la buena acogida que estaba teniendo—. ¿Te gusta?

—Oh, sí —repitió él.

Ellie lo escuchó resoplar y sintió sus manos en las caderas. La acarició con delicadeza y firmeza a la vez. Era evidente que quería que se quedara donde estaba.

Ellie cerró los ojos y lo palpó… palpó su miembro grande y caliente. Se sintió la mujer más sensual del mundo. Haberse atrevido a hacer algo así y verse recompensada de aquella manera era más de lo que habría podido soñar.

Siempre había sido muy tímida sexualmente hablando. Siempre había sido prudente, siempre le había dado miedo no hacerlo bien o no estar a la altura de las circunstancias.

En aquellos momentos, sin embargo, nada de todo aquello importaba. Se sentía en la gloria. Olía a una mezcla de limón de su champú y a especias de él. Debía de haber cambiado de loción para después del afeitado. A lo mejor era el gel del hotel. Tenía que fijarse en la marca porque le estaba gustando mucho.

Ellie se volvió a dejar caer hacia delante y lamió uno de los pezones. Mientras lo hacía, le acarició la tripa y descubrió que tenía unos abdominales muy duros. Bueno, todo en él estaba duro en aquellos momentos.

7

Él la empujó de los hombros para que se volviera a sentar y le acarició los pechos. A continuación, hizo amago de quitarle la ropa, así que Ellie levantó los brazos para ponérselo fácil. Pronto sintió sus manos en las nalgas, agarrándolas como si fueran suyas. Aquello le gustó. También le estaba gustando la parte de anatomía masculina que tenía entre las manos. Él le chupó los pechos y Ellie se maravilló de lo rápido y lo bien que estaba llegando al orgasmo.

Entonces, recordó lo que había llevado y se dio cuenta de que había llegado el momento de utilizarlo, así que abrió el paquete e intentó ponérselo.

–Me vas a tener que ayudar –jadeó al comprobar que ella sola no podía hacer que el látex corriera hacia abajo.

Él se echó hacia atrás y le retiró la manos. Ellie aprovechó para seguir la estela de sus dedos con la boca, haciéndolo maldecir de placer.

Ellie se rio encantada y perdió toda inhibición. Estaba muy excitada. Por lo visto, él también. Tenía la erección en la tripa, así que Ellie se sentó dejando la entrada de la vagina sobre la base de su miembro. Sentía sus testículos, duros y apretados, bajo las nalgas. Jugueteó dándole besos muy íntimos con los labios vaginales. Sentirlo tan duro era tan delicioso que no pudo evitar frotarse un poco, lo que no hizo sino aumentar el placer. Oh, sí, ahora sí que estaba siendo un encuentro carnal, un encuentro de locura. Nunca había tenido un encuentro tan rápido, apasionado y satisfactorio.

Él alargó un brazo y se abrió paso entre sus cuerpos para masturbarla. Se incorporó para chuparle los pechos de nuevo mientras dibujaba círculos con la yema del pulgar en el clítoris mojado.

De repente, Ellie lo empujó hacia atrás.

—¡Quiero hacerlo yo! —anunció tomando su erección con una mano y metiéndola en su cuerpo. Ahogó un grito al hacerlo y lo abrazó con los músculos internos. Lo oyó gritar y sonrió al saberlo tan entregado como ella. Se arqueó contra ella murmurando palabras que Ellie no llegó a comprender.

Le puso las manos en los brazos para apoyarse y comenzó a cabalgarlo. Se sentía tan llena de energía, que lo cabalgó una y otra vez, al galope. Era maravilloso tener un animal tan grande y fuerte bajo ella, dominarlo, disfrutarlo. Oh, sí, aquello estaba siendo perfecto, la experiencia de placer intenso que andaba buscando.

Él le puso las manos sobre los pechos y, desde allí, las deslizó por la cintura y se aferró a sus caderas. La agarró con fuerza, con la misma fuerza con la que Ellie se estaba agarrando a sus bíceps. De repente, la embistió, lo que la hizo gritar de placer, encantada de que sus voluntades se encontraran para ver quién podía más en aquel duelo de placer para dos.

—Qué bueno, qué bueno, el mejor polvo de mi vida —jadeó Ellie, dejándose ir unos segundos después.

Él no tardó mucho en acompañarla.

Oía su propia respiración, fuerte y entrecortada. Se sentía muy bien. De haber tenido energía sufi-

ciente, se habría reído, pero no podía. Estaba suda-
da de pies a cabeza y tenía sueño. En aquel momento, oyó pasos y risas bajo la ventana y se preguntó si alguien los habría oído.

Aquello la devolvió de repente al mundo real.
No había pensado en el día después, pero decidió
que aquello no cambiaba en absoluto su relación,
seguirían siendo compañeros de trabajo. Sabía que
él flirteaba con todas las mujeres con las que se cru-
zaba y que lo que acababa de ocurrir entre ellos no
significaría nada, así que tampoco podía significar
nada para ella.

Ellie rezó para que su compañero de cama su-
piera mantener la boca cerrada porque, a pesar de
que era muy normal en el sector profesional en el
que trabajaban que los compañeros tuvieran aven-
turas de vez en cuando, era la primera vez que ella
lo hacía y no quería habladurías.

Se apartó con intención de volver a su habitación, pero él la agarró.

–Quédate –dijo con voz somnolienta.

Había sido casi una orden y la estaba agarrando
con fuerza, así que era imposible escapar y, además,
no quería escapar. La situación se le hacía irresistible. No había contado con aquello, pero se dejó llevar y permitió que la abrazara por la espalda, que le
pasara una pierna por encima de la cintura y que
ambos se sumieran en el sueño.

***

Horas después, se despertó sintiendo que el corazón le latía aceleradamente y que tenía mucho calor. Estaba teniendo un sueño maravilloso y no quería abrir los ojos. En la fantasía, estaba aprisionada entre los brazos de un hombre guapo y fuerte... cuya anatomía estaba especialmente fuerte en un lugar muy concreto.

Una mano atrevida estaba explorándole el bajo vientre. La tentación de ceder y de echar las caderas hacia atrás para invitarlo a seguir era irresistible, así que se apretó contra él a pesar de que le dolía todo el cuerpo.

En aquel momento, el recuerdo de lo que había sucedido unas horas antes se apropió de ella y la hizo girarse bruscamente hacia él.

—Buenos días —la saludó una voz que no era la que esperaba oír.

Ellie se encontró mirándose en unos ojos marrones en lugar de en unos ojos verdes, que era lo que esperaba.

—¡Oh, Dios mío! —exclamó incorporándose en la cama.

Al hacerlo, le aprisionó la mano entre las piernas, pero no se dio cuenta.

—¿Quién demonios eres tú? —le gritó tapándose con la sábana hasta la barbilla.

Capítulo Dos

A Ruben Theroux jamás lo habían rechazado a la mañana siguiente y no estaba dispuesto a permitir que sucediera… aunque no tuviera ni idea de quién era aquella chica.

Llevaba veinte minutos preguntándose de qué color tendría los ojos y ahora lo sabía: azules. Aunque la sorpresa y el susto la habían hecho palidecer, seguía siendo muy guapa.

Hacía mucho tiempo que Ruben no compartía cama con nadie, pues las relaciones no se le daban bien y, además, había estado muy ocupado últimamente. Por eso, tal vez, se había pasado un buen rato mirando dormir a aquella mujer, hasta que había sucumbido a la tentación de tocarla y se había maravillado ante las notas musicales que podía hacer aflorar de aquel cuerpo.

–Tú no eres Nathan –protestó la chica.

–No –contestó Ruben con calma, aunque se estaba preguntando quién sería aquel Nathan y cómo era posible que ella se hubiera equivocado de aquella manera.

–¿Cómo es posible que no seas Nathan?

Vaya, él también se lo estaba preguntando.

–Bueno, no soy Nathan porque esta no es la habitación de Nathan —contestó—. Esta habitación es mía —añadió literalmente, pues todas las habitaciones del edificio eran suyas.

La chica se quedó mirándolo con la boca muy abierta. Ruben espero sin moverse. Por lo visto, su compañera no se había dado cuenta de que le había aprisionado la mano entre los muslos y no se podía mover.

La chica miró a su alrededor, confundida.

—Pero tiene que ser su habitación… conté las puertas. La otra estaba vacía.

Ruben no contestó. Tenía ganas de reírse, pero no quería empeorar la situación.

—¿Estás seguro de que estás en la habitación correcta? —le preguntó la chica.

—Completamente seguro —contestó Ruben—. Estaba agotado y me metí en la cama y, luego, de repente, el mejor de mis sueños se hizo realidad.

Lo único malo era que la protagonista del sueño y de su realidad se estaba poniendo roja como la grana. A pesar de que sus gritos de placer todavía le revoloteaban por la cabeza a Ruben, comprendió que, efectivamente, la chica se había confundido de hombre. Aquella pasión que había compartido con él era para otro. Ruben no pudo evitar sentir envidia, pero se dijo que el que le había dado tanto placer como para arrancarle que había sido el mejor polvo de su vida había sido él, y ningún otro.

—¿Eres un huésped del hotel? —le preguntó muy nerviosa.

—La verdad es que yo…

Pero la chica no le dio oportunidad de presentarse sino que se lanzó a un monólogo de disculpas y pánico.

–Oh, no me lo puedo creer. No me lo puedo creer. Lo siento mucho. De verdad, lo siento mucho, lo siento mucho.

Ruben no pudo evitar dejarse llevar por la curiosidad y la acarició entre las piernas… solo una vez, muy suavemente, pero justo en el centro. Al instante, las disculpas cesaron. A la chica se le hincharon los labios, se le tensaron los músculos y le subió la temperatura. Ruben la miró a los ojos y vio que se le dilataban las pupilas y que parpadeaba varias veces. Sintió los espasmos antes de que se alejara hacia el extremo de la cama.

–No te disculpes –le dijo Ruben pensando que, a lo mejor, tendría que ser él quien pidiera perdón.

Pero lo cierto era que no se arrepentía de lo que había hecho. Despertarla con caricias íntimas había sido maravilloso y la reacción de la chica había sido de total entrega, exactamente igual que la noche anterior, y en ambas ocasiones había sido él quien la había excitado.

Ruben se apresuró a mirarle las manos y vio que no llevaba alianza. Evidentemente, aquella chica no era de ningún hombre y el tal Nathan era tonto por no haberse acostado con ella antes, pues aquella mujer era apasionada y entregada, literalmente el sueño de cualquier amante.

Ruben tosió para aliviar un poco la tensión que sentía en el pecho.

–Siento mucho no ser Nathan –anunció.

Le habría encantado ser el otro tipo porque sabía lo que la chica tenía en mente y, en aquellos momentos, se sentía excitado a más no poder, pero se controló para que no lo tomara por un cavernícola.

La pobrecilla estaba muy avergonzada y él no podía dejar de pensar en volverse a acostar con ella. ¿Qué clase de hombre era? Definitivamente, uno que llevaba demasiado tiempo sin compartir cama con una mujer.

–No lo sientas –contestó ella negando con la cabeza.

A Ruben le estaba empezando a molestar su incomodidad más que su propio cuerpo, que parecía no poder controlar, así que decidió recurrir al sentido del humor para quitar hierro al asunto y poder ofrecerle, así, un respiro a la chica.

Ellie intentó disimular que se le había entrecortado la respiración. La sorpresa había hecho que el aire se le bloqueara en los pulmones, pero sospechaba que el deseo también había tenido algo que ver en todo aquello, porque lo cierto era que estaba a dos segundos de tener un orgasmo y, sinceramente, aquello la sorprendía sobremanera.

Se quedó mirando fijamente a aquel hombre al que no conocía de nada y que estaba tan cerca. Pero lo conocía muy íntimamente y, además, le bastaba con mirarlo para sentir que se le aceleraba el corazón.

–¿Estás bien? –le preguntó él sonriendo peligrosamente.

El desconocido tenía una sonrisa maravillosa. Sí, definitivamente, tenía unos labios maravillosos, unos labios que parecían sonreír de manera muy natural, como si estuviera acostumbrado a hacerlo.

Ellie se subió un poco más la sábana. Al hacerlo, lo dejó a él al descubierto y, no, definitivamente, aquel tipo no era Nathan.

–Siento mucho todo lo que ha sucedido –se disculpó, decidida a ignorar el deseo que la había invadido y preguntándose en qué tipo de animal salvaje se había convertido.

–Pues yo, no.

Apenas lo oyó porque se estaba disculpando de nuevo y lo siguió haciendo, por lo menos, diez o doce veces más. El desconocido se sentó y se apoyó en una mano.

–No has hecho nada que yo no quisiera que hicieras –le aseguró.

Eso la hizo callar apenas un segundo.

–No tuviste mucha elección –comentó mirándolo–. Te seduje –añadió recordando que lo había encontrado dormido y que lo había despertado acariciándolo… por todas partes.

El desconocido se forzó a sonreír.

–Sí, bueno, yo tampoco te dije que no –contestó Ruben chasqueando la lengua–. Además, no ha sido para tanto, no era virgen.

No, evidentemente, no lo era. Ellie se mordió los labios para no sonreír. Aquel hombre la hacía sonreír con facilidad y, si no tenía cuidado, iba a conseguir con total facilidad también que volviera a cometer una locura, así que se puso en pie y se llevó la sábana con ella. Le daba igual dejarlo expuesto porque no parecía que a él le importara. Ella lo único que quería era esconderse, así que intentó envolverse en la sábana. Se dio cuenta de que el desconocido la miraba con interés. Era evidente que todo aquello le parecía divertido y… excitante, tal y como dejaba claro su miembro endurecido.

–Te dejo que te aproveches de mí siempre que quieras –dijo echándose hacia atrás–. Claro que también podrías volver a la cama y dejar que esta vez me aproveche yo de ti.

Ya había estado a punto de permitírselo y ambos lo sabían. Ellie se sonrojó.

–Lo siento mucho.

–Bonita, de haber querido, te habría parado –le recalcó Ruben.

–¿Y por qué no lo hiciste? –quiso saber Ellie.

El desconocido se rio a carcajadas, lo que hizo que todo su cuerpo se moviera en una expresión de alegría. Ellie no pudo evitar fijarse en su entrepierna, también creada para dar alegrías, y en sus músculos, bien definidos y fuertes, y se dijo que aquel hombre había sido el mejor juguete erótico que había tenido en su vida.

Ellie intentó pensar con claridad. ¿Y si estuviera casado?

–¿Por qué demonios no lo hiciste? ¿Las mujeres se te cuelan en la cama todo el rato? –le preguntó pensando que, por lo guapo que era, seguramente sería eso.

–Al principio, creí que estaba soñando.

–Pues menudo sueño. Un sueño en cuatro dimensiones –comentó Ellie con escepticismo.

–Sí, un sueño caliente y húmedo –continuó el desconocido–. ¿Estás segura de que no quieres volver a la cama?

–Muy segura –mintió Ellie repentinamente desesperada por salir de allí antes de dejarse llevar y repetir lo de la noche anterior.

–Bonita, relájate. Yo no tengo pareja… ¿Y tú?

–No, yo tampoco –le confirmó Ellie.

–¿Y Nathan? ¿Quién es?

–Nadie –contestó Ellie, que no quería hablar del tema.

–¿No es tu novio ni tu amigo con derecho a roce ni nada de eso?

–No –contestó Ellie decidiendo que le debía algún tipo de explicación por muy vergonzoso que le resultara dársela–. Somos compañeros de trabajo. Ha estado flirteando conmigo y yo… sentí que por una vez… –añadió apretando los dedos de los pies contra la alfombra y deseando que se la tragara la tierra.

–No hay nada de malo en eso –comentó su compañero de cama encogiéndose de hombros–. Entonces, ¿no estabas buscando su habitación porque estás secretamente enamorada de él y quieres ser la madre de sus hijos?

–No quiero tener hijos, por eso no te preocupes

18

–se apresuró a asegurar Ellie–. De hecho, ayer utilizamos protección.

–Lo recuerdo perfectamente –contestó el desconocido sentándose lentamente–. De acuerdo. Así que no quieres tener hijos con él. ¿Tampoco estás enamorada de Nathan?

Ellie negó con la cabeza.

–Solo quería tomar al toro por los cuernos por una vez.

–¿Te gustan los rodeos? –le preguntó el desconocido sonriendo abiertamente–. Cualquiera lo diría… –comentó a continuación.

–No son para mí –murmuró Ellie muriendo ante aquella sonrisa.

–Pues montas muy bien. Llevas muy bien el ritmo y parece que lo hayas estado haciendo toda la vida –comentó mirándola de manera inequívoca–. Así que, ¿me estás diciendo que no sueles seducir a desconocidos?

Aquella idea era tan loca que a Ellie le entraron ganas de reírse a carcajadas, pero no lo hizo, se limitó a tomar aire para calmarse y se dijo que ella también sabía bromear y que era la mejor manera de encarar la situación.

–Solo cuando hay luna llena y me convierto en la mujer lobo –improvisó Ellie aullando.

–Ah, eso lo explica todo…

Ellie sonrió.

–Digamos que el lugar también ayuda mucho –contestó.

–¿El castillo?

–Sí, este escenario de lujo, con estos muebles tan bonitos…

–Sí, es cierto que estamos en un lugar muy bonito, pero nunca se me hubiera ocurrido que podía motivar juegos eróticos. No hay espejos en el techo ni esposas en las camas ni aceites para masaje en los baños…

Ellie se quedó mirándolo con la boca abierta. Le habría encantado probar un aceite de vainilla comestible sobre el cuerpo de aquel hombre, por no hablar de las esposas…

–Este lugar posee una decadencia embriagadora y, además, anoche hacía calor, así que me di una ducha y… había tomado champán francés…

–Ahh… –contestó él, como si aquello lo explicara todo–. Champán francés.

Ellie se encogió de hombros.

–Solían decir que este lugar era una locura de un francés, ¿lo sabías?

–No –reconoció Ellie–. Yo no diría que este sitio es una locura sino, más bien, una fantasía.

–Yo creo que lo decían porque cometió la locura de casarse con cierta mujer…

–Ah, vaya, ¿una mujer que lo hizo sufrir? Qué pena, porque este sitio no es un sitio para sufrir.

–Más bien, para gozar, ¿verdad? –contestó Ruben chasqueando la lengua–. Sin embargo, Nathan y tú habéis venido por motivos de trabajo.

–Bueno, yo no tendría que haber venido, pero, en el último momento, nuestro jefe quiso que yo también viniera –le explicó Ellie.

–¿A qué te dedicas?

–Soy localizadora, me dedico a localizar lugares para rodar películas.

Ruben enarcó las cejas al ver que Ellie no hablaba con ningún entusiasmo.

–¿Este lugar no te parece una buena localización?

–Me parece una localización increíble –le aclaró–. No, no lo decía por eso sino porque, a pesar de que suena muy bien, no me gusta demasiado el trabajo.

–¿Cómo es posible que no te guste estar en sitios como este?

–Yo no suelo viajar mucho. Normalmente, estoy en la oficina haciendo tareas administrativas. No llevo mucho tiempo trabajando –contestó encogiéndose de hombros.

Lo cierto era que las tareas administrativas se le daban tan bien que siempre se las encargaban a ella, lo que resultaba de lo más frustrante.

–Así que, para aprovechar bien el viaje, decidiste darte un capricho, ¿eh? –dijo el desconocido sonriendo.

Ellie decidió que no había motivo para negarlo, así que asintió.

–Craso error.

–Sí, pero yo tampoco diría que ha sido un desastre.

No, claro que no. No había sido un desastre. Gracias al error que había cometido, había disfrutado del mejor sexo de su vida. Claro que había sido con un perfecto desconocido y ni siquiera se habían besado. No había ningún tipo de conexión emocional entre ellos y no podía esperar que la hubiera, así que más le valía no perder el sentido común. ¿Qué clase de tipo pasaba la noche con una completa desconocida? Evidentemente, un playboy. Además, no había más que ver su sonrisa y su actitud. Sí, definitivamente, no era ningún inocente.

–Tendría que haber encendido la luz –se lamentó Ellie cerrando los ojos.

–A juzgar por cómo sujetas las sábanas, yo diría que te gusta hacerlo en la oscuridad –comentó el desconocido.

–¿Perdón? –se indignó Ellie.

–A mí me parece que esconder un cuerpo como el tuyo es una aberración.

Era cierto que a Ellie no le gustaba practicar sexo con la luz encendida porque se sentía cohibida. Aquello le hizo pensar en que, en aquellos momentos, seguramente tendría el pelo tan revuelto como un cantante de rock de los años ochenta. Fabuloso. Menos mal que no se había puesto máscara para las pestañas. De lo contrario, parecería un osito panda.

Aun así, lo cierto era que se había acostado con el hombre equivocado y que aquel hombre equivocado le estaba sonriendo de manera muy peligrosa.

–Claro que parece que tienes una vena de lo más salvaje –comentó.

Por lo visto, así era. Ellie se dijo que, la próxima

vez que necesitara satisfacerla, se compraría un vibrador. Se llevó las palmas de las manos a la cara e intentó calmarse, porque se estaba excitando con solo mirarlo.

—Bueno, me tengo que ir. Será mejor que olvidemos lo que ha sucedido.

Por culpa de la sábana, no podía andar deprisa, así que al desconocido no le costó demasiado plantarse delante de la puerta y bloquearle el paso.

—No te puedes ir así —le dijo mostrándose ante ella completamente desnudo—. Tenemos que hablar.

Ellie sintió unas imperiosas ganas de tocarlo.

—¿Te importaría vestirte? —le preguntó, pues no podía pensar con claridad.

—¿Por qué? No tengo necesidad de esconder lo atraído que me siento por ti —contestó, divertido.

No se sentía atraído por ella, solo era sexo y verlo desnudo le alteraba las hormonas, la ponía como un animal.

—Por favor, vístete. Por favor.

Ruben se encogió de hombros.

—Estoy muy bien así —le aseguró—. A ti no te gusta que te vean desnuda, ¿verdad?

A ella lo que no le gustaba era que su cuerpo reaccionara como loco, que era exactamente lo que le estaba pasando en aquellos momentos al verlo allí, alto, fuerte y sensual, ante ella. Se moría por volverlo a sentir dentro de ella, penetrándola.

—¿Te importaría girarte para que me pueda vestir? —le preguntó.

–¿Lo dices en serio? ¿No me vas a dejar mirar?

–Yo creo que ya has tenido suficiente, ¿no te parece? Por favor, compórtate como un caballero, que lo eres, y date la vuelta.

–¿Qué te hace pensar que soy un caballero?

Ellie lo miró a los ojos en actitud desafiante.

–Dejaste a la señora primero.

–Bueno, eso no fue por caballerosidad sino por puro placer –contestó sonriendo profundamente–. Está bien, si insistes, no miraré.

Dicho aquello, se giró y le presentó el trasero, lo que hizo que Ellie se quedara de piedra durante unos segundos. Luego, se apresuró a recordar lo que quería hacer y corrió hacia la cama para buscar su ropa.

–De acuerdo, ya está –anunció.

Ruben se giró y se quedó mirándola con la boca abierta.

–¿Llevabas eso puesto? –le preguntó–. Vaya, ojalá hubieras encendido la luz –se lamentó.

–Para ya –se rio Ellie–. No hace falta que me halagues.

–¿Cómo no iba a hacerlo? –contestó él acercándose.

Ellie nunca antes se había tenido por una seductora y sabía que no la estaba tomando como tal. Debía de ser, más bien, como un juguete sexual para aquel hombre insaciable. El problema era que saber que la encontraba irresistible la excitaba sobremanera. ¿Tanto como para volverlo a hacer… de día y completamente sobria? ¡No estaba tan loca!

Así que se echó atrás, agarró una toalla que había cerca y se la tiró para defenderse.

Él la agarró.

–¿Y qué hago con esto?

Maldición, no había agarrado la toalla del baño sino la del bidé, que era minúscula. Ridículamente pequeña, parecía un pañuelo.

–Me siento insultado –bromeó–. Me parece que necesitas que te recuerde lo que tengo para ofrecer.

–No, por favor –se rio Ellie–. Por favor… no.

Él también se rio.

–Me alegro de que le veas la parte graciosa.

–Oh, qué pesadilla –contestó Ellie mordiéndose el labio inferior.

–Es una locura, pero no es una pesadilla, así que no te arrepientas.

Ellie lo miró a los ojos y vio que hablaba con sinceridad. También era sincera su sonrisa.

–Desde luego, sabes cómo hacer que una chica se sienta bien –comentó.

–Me gusta pensar que es uno de mis puntos fuertes.

Desde luego que lo era.

–¿El tal Nathan no será moreno y se reirá como una hiena? –le preguntó su compañero acercándose a la ventana como si algo le hubiera llamado la atención.

Ellie se acercó también y escuchó una risa que conocía. Recordó haberla oído la noche anterior en un momento muy concreto.

—Oh —exclamó cuando Nathan besó a la joven que lo acompañaba.

—No me puedo creer que me confundieras con él —protestó el hombre desnudo fingiendo indignación—. Mide por lo menos cinco centímetros menos que yo y no es tan fuerte —añadió.

Sí, desde luego eran polos opuestos. Aquel hombre era mucho más peligroso que Nathan y flirteaba mucho mejor. Además de que tenía un sentido del humor mucho más inteligente.

—Bueno, es que estabas tumbado —se disculpó Ellie.

—Y, evidentemente, no te has acostado con él —añadió con aparente satisfacción.

Ellie no contestó. Sabía que había quedado claro la noche anterior por sus gritos de placer. Ambos se quedaron mirando a la pareja que había en el jardín. De nuevo, fue él quien rompió el silencio.

—Para serte sincero, creo que has salido ganando.

Ellie se rio.

—Mira que eres arrogante —siguió riéndose—. Pero puede que tengas razón.

—¿Puede? Sabes perfectamente que ha sido espectacular —contestó en tono divertido.

Ellie se sonrojó mientras los recuerdos se apoderaban de los dos.

—Bueno —comentó decidiendo que había llegado el momento de dar por finalizada la experiencia más apasionada y vergonzosa de su vida—. Sí, bueno, muchas gracias, ha sido…

—Un placer, por supuesto —la interrumpió él—.

Ha sido fantástico y estás deseando volverme a ver –añadió.

Ellie negó con la cabeza.

–No, esto ha sido lo que ha sido, pero no se va a volver a repetir –le aclaró.

–Venga, no seas así –protestó él–. Si no hemos hecho más que empezar... sería una locura no volvernos a ver, no repetir. Lo deseas tanto como yo –añadió mirándole los pechos.

A Ellie no le hizo falta desviar la mirada hacia abajo para saber que se le habían endurecido los pezones, clara señal de que se morían por sus caricias.

Sí, desde luego, se sentía tentada.

–Llevabas algún tiempo sin hacerlo, ¿verdad?

–Desde la última luna llena –contestó Ellie.

–Mentirosa. Pero si te estás poniendo como un tomate. No eres tan fresca como me quieres hacer creer. Aunque, la verdad, podrías serlo si quisieras. No te faltan cualidades. Con un poquito de práctica...

–¿Te estás ofreciendo para ayudarme a practicar? –bromeó Ellie poniendo los ojos en blanco.

–Por supuesto –contestó él–. Yo también llevaba un tiempo sin practicar.

Ellie se rio y se dijo que aquello era imposible y que no se lo iba a creer.

–Es verdad –insistió él leyéndole el pensamiento–. He tenido mucho trabajo, he estado muy ocupado y no he tenido tiempo, pero tú me has abierto el apetito.

¿Sería cierto?

–Es verdad que nos hemos conocido de una manera poco convencional, pero hemos estado muy bien juntos.

Ellie se permitió fantasear durante un rato, imaginar volverse a acostar con él unas cuantas veces más. La fantasía la llevó a visualizar aquella relación sexual convirtiéndose en una relación maravillosa digna del mejor final de Hollywood… aquel era, precisamente, el problema, que siempre veía cosas donde no las había.

No sería la primera vez que se estrellaba y no quería volverlo a hacer. Se conocía a sí misma y sabía que, en breve, querría la fantasía completa y que un tipo como aquel no era de los que iban a por el final feliz porque era un completo playboy, tal y como demostraba que se tomara una aventura de una noche con tantísima tranquilidad.

Ellie decidió que no iba a seguir adelante. Definitivamente, aquello no se podía repetir.

–No puede ser –anunció.

–No será por Nathan…

–No, es por mí –contestó segura de que terminaría quemándose si se empeñaba en jugar con el fuego de aquel inesperado compañero sexual.

El protagonista de sus pensamientos la estaba mirando fijamente. Ellie sentía la imperiosa necesidad de besarlo. Soltó aire, dio un paso atrás y parpadeó. No iba a hacerlo, así que se giró hacia la puerta y salió al pasillo a toda velocidad.

–Espera –le pidió él saliendo tras ella.

Por lo visto, le daba igual estar tapándose con una toalla minúscula.

—No sé cómo te llamas. Yo me llamo…

—No, no me lo digas —lo interrumpió Ellie—. Hagamos como que todo ha sido un sueño.

—Pero…

—¡Adiós! —se despidió Ellie agarrándose los pechos para poder correr hacia las escaleras.

—¿Me vas a dejar así?

Ellie se giró hacia él y lo vio apuesto, seguro y con aire divertido.

—¡Ya se te ocurrirá algo! ¡Seguro! —le contestó.

Sí, seguro que lo que se le ocurría era compartir con otra mujer las ganas de sexo que ella le había dejado.

Para morirse de envidia.

Capítulo Tres

–Ellie, ¿dónde has estado? –le preguntó Nathan consultando el reloj cuando Ellie bajó por fin al comedor para desayunar una hora después.

La chica con la que lo había visto antes no estaba. En realidad, no había nadie más en el comedor. Ellie echó los hombros hacia atrás, dispuesta a no arrepentirse en absoluto de lo que había sucedido aquella noche. El guapísimo y desnudo compañero que había encontrado por confusión la había puesto de buen humor con su natural sentido del humor y, además, Nathan también le había encontrado sustituta.

–Llevo esperándote un buen rato –le comentó su compañero de trabajo con el tono de voz suave y agradable que solía emplear con ella.

–No sabía que tuviéramos tanta prisa por irnos –le contestó Ellie.

–No nos vamos –contestó Nathan–. Está aquí.

–¿Quién?

–El propietario. Ha venido de repente.

–¿El francés?

¿El hijo del loco? Sabiendo que el tal loco no había visto terminado el castillo, Ellie supuso que su hijo andaría por los cuarenta y tantos o cincuenta.

—Tenemos que conseguir convencerlo de que este es el lugar que necesitamos —asintió Nathan con vehemencia.

Ellie no quería quedarse en aquel lugar más de lo estrictamente necesario porque no quería encontrarse con cierto huésped y, además, sabía que no solía haber problemas para que los propietarios de las localizaciones les permitieran filmar en ellas, pues a todos les solía encantar.

—¿Se te ha ocurrido algo? ¿Tienes algún plan? —le preguntó a Nathan.

—Sí, se me había ocurrido que podrías coquetear con él.

—¿Cómo? —le preguntó Ellie, segura de que había oído mal.

—Ya sabes, lo encandilas un poco, lo suficiente como para tenerlo comiendo de la palma de la mano —insistió Nathan.

Ellie se dio cuenta de que estaba descubriendo cómo era en realidad su compañero de trabajo y, ahora que la fachada agradable había desaparecido, estaba viendo a Nathan tal y como era en realidad, un hombre que encandilaba a los demás para conseguir lo que quería.

Aquello la hizo preguntarse qué habría querido de ella, con la que había flirteado sin parar, a la que había lanzado cumplidos y miradas... Definitivamente, no había sido sexo.

—Aunque trabajemos para la industria cinematográfica, te aseguro que, en esta ocasión y dependiendo de mí, no va a haber escena de cama.

Ruben estaba tumbado en la cama, recuperándose de la actividad nocturna. La ventana estaba abierta y le llegaba desde el jardín una conversación muy interesante.

—Es francés, ¿no? A los franceses les encantan las mujeres elegantes. No creo que le gusten las chicas en vaqueros.

—Para que lo sepas, los vaqueros se crearon en Francia —le contestó Ellie en tono muy serio al canalla de Nathan.

Ellie. Le encantaba su nombre.

—¿No tienes algo un poco más sensual? ¿Una falda o algo así?

—No creo que eso nos sirviera de nada. Probablemente, esté casado.

Ruben estuvo a punto de reírse a carcajadas.

—¿No podrías hacer un esfuerzo? Tenemos entre manos un contrato muy importante, ya lo sabes.

—No me pienso prostituir para conseguir un contrato, Nathan. Yo no soy así.

—Ya sabes que en este trabajo todo depende de la imagen. Quise que vinieras conmigo porque estabas hasta arriba de trabajo administrativo, pero, cuando llega el momento, tienes que poner toda la carne en el asador. Tienes que sacar tu instinto básico y hacer lo que sea necesario para impresionarlo.

Ruben no se podía creer que Ellie se hubiera querido acostar con aquel imbécil.

—Tú haz lo que quieras y flirtea con quien quieras para conseguir lo que busques, pero a mí no me digas lo que tengo que hacer —le espetó Ellie.

¿Quería instinto básico? Pues ahí lo tenía.

—¿No quieres ganar? —le preguntó el muy bobo.

—A ese precio, no —contestó Ellie.

Ruben sabía que Ellie no era una mujer sin escrúpulos ni descarada. Frunció el ceño al detectar dolor en su voz y aquello le hizo preguntarse si realmente le gustaría el tonto de Nathan.

—Cruza los dedos para que sea homosexual, Nathan. Así, podrás llevarte tú todos los méritos.

Ruben se levantó de la cama y se dirigió al baño. Se moría de ganas por bajar, pero, cuando lo hizo, encontró a Ellie sola. La única señal de la molesta compañía que había tenido era que estaba sonrojada. Y se sonrojó todavía más cuando lo vio aparecer.

—Buenos días —la saludó Ruben por segunda vez aquel día.

—Oh —dijo ella sorprendida—. Hola.

—No me has comentado qué planes tenías para esta mañana —comentó Ruben acercándose a la mesa en la que le habían servido el desayuno—. Estamos en un lugar muy bonito… ¿tienes pensado salir a dar una vuelta o algo?

Ellie negó con la cabeza y desvió la mirada.

—He venido a trabajar.

—Pero me has dicho que no te gusta tu trabajo. Se supone que aquí venimos a relajarnos. ¿Has probado el spa?

Ellie se volvió a sonrojar.

–No, no tengo tiempo de ir al spa. Tengo mucho trabajo. De hecho, me tengo que poner a trabajar inmediatamente...

–A lo mejor te vendría bien desayunar antes; debes de estar necesitada después de lo de anoche.

Dicho aquello, se sentó frente a ella. A pesar de la cara de pocos amigos de Ellie, Ruben no estaba dispuesto a irse, tomó un cruasán y le dio un mordisco.

–Creo que solo voy a tomar un café –comentó Ellie.

Ruben se apresuró a servírselo.

–Gracias –murmuró Ellie.

Ruben la miró con deseo. No le gustaba que se mostrara reservada, la prefería atrevida y bromista. Era consciente de que había una bomba de relojería bajo aquella fachada.

–¡Ruben Theroux! –gritó un hombre saliendo del edificio con una gran sonrisa–. Me alegro mucho de verlo.

Ruben sabía diferenciar perfectamente la voz de una persona servil que lo quería adular de la que realmente se alegraba de verlo. A aquel había sido fácil pillarlo. Miró a Ellie y se giró hacia Nathan.

–Lo siento, pero no sé quién es usted –le contestó con frialdad, sin molestarse en ponerse en pie, mirándolo desde la mesa.

Pero Nathan había hecho sus deberes.

–Soy Nathan, de la empresa CineSpace. Hemos venido porque nos interesa su maravillosa propiedad. Sería perfecta para...

—Me gustaría terminar de desayunar –lo interrumpió Ruben–. Podemos hablar más tarde.

—Oh –se disculpó Nathan apesadumbrado–, por supuesto.

—Puede esperarme en las cuadras, nos vemos allí dentro de un rato –lo despidió Ruben.

Ahora que ya se había quitado a aquel horror de encima, Ruben miró a su compañera de mesa y volvió a sentir una punzada en el pecho. Para disimular la incomodidad que aquello le causaba, siguió bromeando.

—Bueno, ¿qué vas a hacer ahora para impresionarme?

Ellie se había quedado petrificada al darse cuenta de que el hombre con el que se había acostado era el mismo al que Nathan quería que impresionara. ¿Y Ruben había escuchado aquella conversación?

—Mira, no sabía quién eras y… –le aseguró.

La carcajada de Ruben la interrumpió.

—Lo sé, bonita. Llegué ayer muy tarde y nadie sabía que estaba aquí, así que tengo muy claro que no estabas intentando convencerme para que os cediera la propiedad para vuestra película.

Ellie no se podía creer que fuera propietario de aquel *château*.

—Se supone que eres francés.

—Soy medio francés, pero he vivido en Nueva Zelanda desde los seis años.

—No tienes suficiente edad para ser el dueño de este lugar –comentó Ellie, porque Ruben parecía no haber cumplido todavía los treinta.

–Mi padre era muy mayor cuando yo nací.

–Me dijiste que estabas aquí hospedado.

–No, eso lo diste tú por hecho. Yo intenté explicarte quién era, pero tú estabas tan ocupada pidiendo perdón que no me escuchaste.

–Ya no voy a volver a pedirte perdón –contestó Ellie en tono desafiante–. Me lo tendrías que haber dicho. Tendrías que haber evitado que hiciera el ridículo de aquella manera.

Ruben se puso en pie y se acercó a ella.

–No has hecho el ridículo en absoluto.

Ellie se puso en pie con las mandíbulas apretadas.

–Adiós, señor Theroux –se despidió.

–No lo dirás en serio –se horrorizó Ruben bajando la voz.

–Claro que sí –declaró Ellie con firmeza–. Sabes perfectamente que es mejor que no sigamos hablando. Con quien tienes que hablar es con…

–Nathan.

–Exacto.

–Pero yo no quiero hablar con Nathan. Quiero hablar contigo.

Ellie sintió un tremendo calor por todo el cuerpo.

–Eso no puede ser –le dijo–. No sería profesional por mi parte. Prefiero que mi compañero se haga cargo de las negociaciones.

–¿Qué negociaciones?

–No me irás a decir que, porque te digo que yo no quiero entrar en ellas, no vas a negociar con nosotros –se indignó Ellie–. ¿Me estás chantajeando?

Ruben dudó.

–Estoy abierto a la negociación, pero preferiría que fuera contigo.

–Pero, si yo no estoy disponible, ¿seguirías dispuesto a negociar con nosotros?

Ruben sonrió.

–Soy un hombre de negocios, no un idiota. Soy perfectamente consciente de los beneficios que me puede dar que mi propiedad salga en una película y estoy dispuesto a prestarla, pero no para cualquier película, por supuesto.

Ellie lo miró fijamente.

–Me lo he pasado muy bien contigo en la cama pero no soy tan tonto como para dejar que eso interfiera en mis decisiones profesionales –le aclaró Ruben tranquila pero firmemente–. Exactamente igual que tú no eres tan estúpida como para pensar que el hecho de haberte acostado conmigo podría servirte para hacerme cambiar de parecer, ¿verdad?

–Verdad –contestó Ellie–, pero el hecho es que no nos conocemos muy bien.

–Y, si por ti fuera, preferirías que eso siguiera así, que no nos sigamos conociendo.

–Yo creo que es lo mejor, ¿no estás de acuerdo?

–En absoluto –contestó Ruben–, pero, a diferencia de tu compañero, soy lo suficientemente caballero como para respetar los deseos de los demás. No suelo ir por ahí forzando a la gente.

¿Habría oído la conversación completa que había mantenido con Nathan?

–Soy perfectamente capaz de mantener mi vida

profesional y mi vida personal separadas –le explicó–. No hay problema.

Ellie se dijo que no habría problema para él. Para ella sí, porque no era capaz de mantener su vida profesional y su vida personal separadas.

–La verdad es que estoy en medio de un proyecto nuevo para adquirir otras dos propiedades y convertirlas en hoteles con encanto, así que una inyección de dinero y de publicidad me viene muy bien. Por eso, estoy más abierto ahora las negociaciones para que aquí se rueden películas que hace un par de meses.

–Pues te insisto en que vas a tener que hablar con Nathan porque yo ya no trabajo para la empresa de localizaciones.

Ruben se quedó mirándola atónito.

–¿Te han echado?

Ellie vio que se había enfurecido y eso la hizo comprender que no había escuchado la conversación completa.

–Nathan no tiene autoridad para despedirme. Me he ido yo –le explicó elevando el mentón.

–¿Por qué? –quiso saber Ruben cada vez más enfadado–. ¿Has dejado tu trabajo por un malentendido sin importancia?

No había sido un malentendido sin importancia. Era que, por fin, Ellie había visto la luz. La habían contratado en aquella empresa para que se encargara de las labores administrativas, del papeleo, y para que fuera de aquí para allá cuando hiciera falta. Aquello era demasiado.

–¿Y qué vas a hacer?

–No soy tan estúpida como para dejar un trabajo sin tener otro –le aclaró Ellie–. Lo tengo todo controlado. Empiezo la semana que viene.

–¿En qué?

A Ellie no le apetecía entrar en detalles. No era porque le diera vergüenza sino porque creía que sería mejor mantener las distancias.

–Mismo sector, diferente empresa.

–¿Te han dado el papel protagonista en alguna película? –sonrió Ruben de repente.

–No, nunca he querido ser actriz –contestó Ellie intentando sonreír también.

–Pues, por tu belleza, podrías serlo.

Ellie negó vehementemente con la cabeza.

–Por favor, no flirtees conmigo de nuevo.

–Me resulta imposible no hacerlo –murmuró Ruben–. Venga, cuéntamelo.

–Bueno, llevaban algún tiempo queriendo que me fuera con ellos –le explicó sinceramente.

Había escrito un mensaje de texto a Bridie y su amiga no había tardado más que un minuto en confirmarle que seguían interesados en ella y que empezaba el lunes. El hecho era que Ellie estaba cansada de intentar agradar a todo el mundo y de no progresar.

–No creas que mi decisión ha tenido algo que ver contigo –comentó al ver que Ruben la miraba preocupado.

–¿No es así?

–Llevo meses pensando en cambiar de trabajo.

–Espero que no haya sido por Nathan tampoco.

Créeme si te digo que no merece la pena perder un trabajo por una relación personal.

—¿Lo dices por experiencia propia? —le preguntó Ellie contenta de centrarse en él un rato.

—Probablemente —contestó Ruben encogiéndose de hombros—. No permitas que nadie se meta por medio y te impida conseguir lo que tú quieres.

—Muy bien —se rio Ellie—. Lo cierto es que me siento liberada.

Le apetecía volver a pasárselo bien trabajando, tener contacto con los aficionados, que era lo que más le gustaba y lo que su amiga le estaba ofreciendo. Se habían conocido un día en la localización. Bridie se dedicaba a llevar a aficionados a los sets de rodaje y sabía que Ellie era una loca del cine.

—Liberada, ¿eh? ¿Muy liberada?

—No me refiero a ese tipo de liberación —contestó Ellie entendiendo el doble sentido.

—Ahora ya no tenemos conflictos de intereses.

—No he dejado el trabajo por eso.

—Pero te habrás dado cuenta de que no nos hemos besado en ningún momento.

—Hemos hecho mucho más que besarnos.

—Pero no nos hemos besado en la boca —insistió Ruben—. Llevo todo este rato recordando vívidamente lo que hicimos anoche y no nos besamos.

—No vamos a repetir.

—No me digas que te da miedo.

—No pienso dejar que me convenzas.

—¿Y si lo hiciéramos de vez en cuando? —insistió Ruben.

Ellie se rio. Era evidente que Ruben Theroux estaba acostumbrado a salirse con la suya. Aunque a ella también le apetecía lo que le estaba ofreciendo, sabía que, si lo besaba, querría más.

—No —contestó.

—Solo un beso. Es algo muy sencillo.

—Que se puede complicar fácilmente —insistió Ellie sin poder apartar, sin embargo, los ojos de los labios de Ruben.

—Bueno, si eso es lo que quieres… —dijo él encogiéndose de hombros y mirándola a los ojos.

—Muchas gracias —se despidió Ellie girándose y yéndose.

De vuelta a su habitación, Ellie tardó menos de treinta segundos en hacer la maleta. Se rio al recordar todo lo que había sucedido. Cuando bajó, vio que Ruben la estaba esperando y que había hecho traer els coche a la entrada.

—Me aseguraré de que Nathan vuelva casa de alguna manera —le dijo haciendo una mueca.

—¿No deberías estar hablando con él? —le preguntó Ellie dejando la maleta en el asiento de atrás.

—Te puedo asegurar que no es mi prioridad en estos momentos.

—Oh, qué bien se te da esto de flirtear.

—No quiero que te vayas —contestó Ruben con una gran sonrisa.

Ellie se apoyó en la puerta y lo miró.

—Ahora mismo, no me arrepiento de nada de lo

que ha pasado entre nosotros. Si me quedo, puede que me arrepienta y no quiero que eso ocurra.

–¿Y qué me dices de lo que yo quiera?

–Lo siento. Es lo que te puedo decir. Lo único que puedo hacer es pedirte perdón de nuevo.

Ruben se acercó.

–No te sientas obligada a pedirme perdón. Jamás.

Ellie no supo qué contestar, así que se metió en el coche. Ruben cerró la puerta y se quedó junto al coche. Ellie puso el motor en marcha y bajó la ventanilla. Ruben se acercó y se inclinó al interior.

–No te vas a ir tan fácilmente –murmuró tomándola del mentón.

Ellie sabía perfectamente lo que iba a hacer, pero no podía hacer nada para evitarlo porque, si acelerara en aquel momento, se llevaría su brazo y su cabeza por delante.

El contacto fue decidido, pero no dominante. Sus labios se encontraron y Ellie se deslizó en aquel beso, se estremeció de pies a cabeza y sintió un gran calor en el bajo vientre. La lengua de Ruben había entrado en su boca y jugaba con insistencia. ¿Cómo era posible que un beso dijera tanto?

No tenía ni idea de por qué estaba agarrando el volante con tanta fuerza o por qué estaba apretando el pedal del freno tan insistentemente, pero sabía que estaba en peligro. Ruben se apartó. Ellie no podía dejar de mirarlo a los ojos, fijarse en aquel cuerpo perfecto y en aquella sonrisa maravillosa.

–Me estaba arrepintiendo de no haberte besado

y ahora, por supuesto, me arrepiento de no haberlo hecho antes –le dijo.

Ellie lo agarró de la muñeca.

–Gracias por ser tan amable conmigo.

–Quiero que sepas una cosa: soy lo suficientemente hombre como para aceptar un no por respuesta, pero también lucho por lo que quiero –le advirtió.

–¿Y qué es lo que quieres? –le preguntó Ellie sin parpadear.

–Te quiero a ti. Otra vez. De cualquier manera. Así que, si te quieres ir, será mejor que te vayas ahora –concluyó rompiendo la intensidad del momento con una de sus sonrisas.

Capítulo Cuatro

—¡Y ahora, señores y señoras, el momento que todos ustedes estaban esperando! —exclamó Ellie con una gran sonrisa, disfrutando enormemente del momento en el que se echó a un lado para permitir que los aficionados entraran en la cueva en la que se había rodado la escena final de la película.

El grupo gritó de alegría y entró.

Habían pasado cuatro semanas y media, pero ahora los días iban pasando más deprisa, claro que sí. Estar muy ocupada en el trabajo la estaba ayudando. Había empezado haciendo salidas de un día, pero ahora ya estaba de tres a siete noches fuera de casa. Eso estaba bien porque ser responsable del bienestar de diez o doce personas las veinticuatro horas del día significaba que apenas tenía tiempo para regodearse en lo que podría haber pasado.

—¡Oh, Dios mío, esto es increíble!

—¡Qué genial!

—Por fin, no me puedo creer que esté aquí…

Ellie sonrió mientras tomaba fotografías a los turistas, que posaban encantados delante de una roca enorme que se había utilizado en la penúltima escena de la película.

Sí, a ella también le gustaría bailar en la casa de

Sonrisas y lágrimas si alguna vez fuera a Salzburgo y le encantaría ir a Tifanny's y desayunar con la nariz pegada al escaparate... así que comprendía perfectamente a las personas a las que acompañaba y quería que tuvieran la experiencia de sus vidas, que les mereciera la pena el viaje.

–Muy bien, a ver, un momento... premio para el que sepa la respuesta a esto –les dijo citando una de las parrafadas menos conocidas.

Un hombre del grupo dio un paso adelante y contestó acertadamente, recitando el alegato final del protagonista. Ellie continuó con la escena, pues sentía curiosidad por saber hasta dónde se había aprendido la película aquel hombre. Tal y como había sospechado, el aficionado se la sabía entera. Cuando terminaron, el grupo aplaudió con entusiasmo. Ellie se rio, agarró a su compañero de reparto de la mano y ambos hicieron una reverencia.

Aquel era el mejor trabajo del mundo.

–Muy bien, os dejo un cuarto de hora aquí. Yo me voy al autobús a buscar el premio de Kenny –les dijo.

Una vez fuera de la cueva, comprobó que la lluvia había amainado un poco, pero se preparó para correr hacia el autobús.

–¿Y decías que no querías ser actriz? –le dijo alguien al oído.

Ellie dio un respingo y sintió que el corazón comenzaba a latirle aceleradamente.

–Ruben –murmuró girándose–. ¿Qué haces aquí?

–Estaba visitando la cueva. Qué coincidencia, ¿eh?

Aquello no convenció a Ellie.

—Eres increíble —prosiguió él—. Los tienes completamente entregados. Aunque esté lloviendo, están encantados.

—No soy yo —le aseguró—. Es porque les gusta mucho la película. Da igual lo que yo haga, a ellos les basta con estar aquí.

—No, de eso nada. Tú eres una parte muy importante de todo esto. Además, tienes mucha paciencia y nunca te niegas a hacerles fotos.

Eso quería decir que llevaba un buen rato observándola. Ellie se rio.

—En realidad, estoy un poco harta de tantas fotos, pero disimulo —admitió—. Además, siempre hay uno o dos clientes difíciles.

—Uno o dos clientes que se quieren acostar contigo.

—Eso no es cierto —contestó Ellie sonrojándose.

—Ese tal Kenny no te quitaba los ojos de encima.

—Estaba haciendo su papel —le explicó Ellie, que no había permitido que el miembro del grupo terminara la escena de verdad, como en la película, besándola.

—Te digo yo que le gustas —le advirtió Ruben.

—Solo estaba siendo amable.

—A mí más bien me parece que está siendo bastante directo.

—¿Como tú, tal vez? —le espetó Ellie, al ver que se había acercado peligrosamente.

—Efectivamente. Yo estoy siendo muy directo para que quede claro que no estás disponible.

Ellie miró atrás. No le hacía ninguna gracia la posibilidad de que alguien del grupo saliera en aquel momento y la viera así.

–Tampoco estoy disponible para ti –le recordó.

–Eso prefiero olvidarlo.

–Este no es un buen momento –comentó Ellie.

–Es el momento perfecto –insistió Ruben–. Les acabas de dar un cuarto de hora. No tienes que volver hasta dentro de quince minutos –añadió tomándola de la mano y conduciéndola por el aparcamiento hasta debajo de unos árboles–. Quince minutos…

–Ruben… –le advirtió Ellie, a pesar de que le temblaban las piernas.

–¿Sabes lo guapa que estás? –le preguntó Ruben en un tono de voz que evidenciaba su deseo de comérsela de pies a cabeza.

Ellie se recordó que estaba en el trabajo y se dijo que debía parar aquella locura.

–Me parece que vas a tener que ir a que te gradúen la vista.

Ruben chasqueó la lengua.

–No, de eso nada. Veo muy bien. En realidad, tengo rayos X en los ojos. Y veo por debajo de la ropa. Ahora mismo, te estoy viendo las braguitas de encaje –suspiró–. Llevas braguitas de encaje debajo de los vaqueros.

Ellie no pudo evitar sonreír. Todo aquello era de lo más excitante.

–¿A que son de encaje? –le murmuró Ruben al oído mientras la tomaba en brazos.

–¿Qué haces?

–¿A ti qué te parece? –se rio Ruben–. Llevo semanas esperando para poder besarte de nuevo.

Ellie negó con la cabeza intentando no mirarlo a los ojos. No debía volver a arriesgarse.

–No me puedes besar ahora, me correrías todo el pintalabios.

Ruben enarcó una ceja.

–Voy perfectamente maquillada y quiero estar bien cuando el grupo salga de la cueva –insistió Ellie.

–Estás perfecta, créeme. Y, si no, que se lo pregunten al tonto ese.

–Él lo que quiere es la camiseta de colección –le explicó Ellie.

–Y lo que hay dentro, pero no lo va a tener porque es mío –contestó Ruben acariciándole las costillas.

Ellie sintió que se derretía y pidió al cielo que la ayudara, porque se estaba excitando con aquellas palabras de cavernícola.

–Yo no soy el relleno de nada ni te pertenezco –le advirtió–. Además, estoy trabajando.

Ruben asintió lentamente y dio un paso atrás, acariciándole la tripa. Maldición. El cuerpo de Ellie quería más, pero no se lo podía permitir porque aquel hombre solo le acarrearía problemas.

–Será mejor que vuelva al autobús, pero gracias por haber venido a verme. Me alegro de verte.

Ruben sonrió ampliamente, como si su rechazo no le hubiera importado.

Ruben se sentía ridículamente satisfecho de sí mismo por haberla encontrado. Le había llevado menos de cinco minutos hacerlo por Internet y otros cinco tener listo un plan. La fase uno ya estaba completa. Sí, ahora que había visto el brillo de sus ojos y el rubor de sus mejillas, sabía que las fases dos y tres iban a ir como la seda.

No sabía si Nathan la había echado, pero él la había dejado sola para que se pudiera lamer tranquilamente las heridas y había esperado.

Todo estaba en orden. Por eso, no le importaba estar apoyado en su coche, mojándose, mientras el autobús salía del aparcamiento.

A las nueve de la mañana del día siguiente, Ellie llegó a la oficina más maquillada de lo normal para disimular los efectos de la noche en vela que había pasado debido a su obsesión por Ruben.

–¡Cuánto me alegro por ti! –gritó mirando a su jefa, que estaba encantada.

–¡Yo también me alegro por mí! Y te quiero dar las gracias.

–Esto no tiene nada que ver conmigo –contestó Ellie mientras observaba el reportaje a todo color que una afamada revista de viajes le había dedicado a la empresa.

–Por supuesto que tiene que ver contigo –rió Bridie–. Te mencionan en la mejor guía de viajes del mundo… ¿sabes que el grupo de alemanes del otro día ha creado una página en Facebook a propósito del maravilloso viaje? Aunque lo que han hecho, básicamente, es colgar fotografías tuyas por todas partes.

–No me lo puedo creer –contestó Ellie sonrojándose.

–Te viene fenomenal. Es publicidad boca a boca y gratuita –le comentó su jefa–. Ya sabes que una imagen vale más que mil palabras… ¡y tú sales en todas! He creado un vínculo a nuestra página web, por supuesto. Y a nuestro Facebook, claro.

–Nooo –contestó Ellie haciendo una mueca.

–Síííí –le aseguró Bridie–. Resultado: tenemos los dos próximos meses reservados. Llenos. Y eso antes de que publicaran el artículo –añadió–. Supongo que a muchos de nuestros clientes no les va a hacer gracia que no seas tú la que los acompañe… –concluyó poniéndose seria.

–¿No voy a hacer yo el trabajo? –se extrañó Ellie.

Había trabajado fines de semana y festivos sin poner ningún problema. No tenía vida privada ni la quería tener. Solo quería trabajar. No pensar. No sentir. No Ruben.

–No, no lo vas a hacer tú porque a ti te voy a mandar a hacer otra cosa –anunció Bridie emocionada.

–¿De qué se trata?

–Te vas a ir en misión de reconocimiento.

–¿Cómo?

–Sabes lo que es *Arche*, ¿verdad?

Por supuesto que Ellie sabía lo que era *Arche*, una película sobre un dúo musical, con dos entregas de momento, rodada en Nueva Zelanda. Le gustaba tanto que siempre la metía en sus excursiones y no fallaba, siempre había un loco de *Arche* en el autobús.

–A lo mejor nos dejan entrar gratis –anunció Bridie.

–¿Qué dices? –se sorprendió Ellie, que sabía que nadie había conseguido entrar en aquel set de rodaje.

La isla en la que se había grabado se había convertido en un exclusivo lugar de vacaciones para mega multimillonarios y no permitían el acceso de los locos de las películas como ella.

–Están pensando en permitir que entre una agencia de viajes y quieren que vaya uno de nuestros representantes.

–¿Y quieres que vaya yo? –gritó Ellie.

Bridie asintió con vehemencia.

–Yo quiero que vayas tú y ellos quieren que vayas tú. Por lo visto, hay un cliente misterioso que te ha recomendado fervorosamente. Quieren que vayas y les des unas cuantas ideas, saber qué enseñarías si llevaras a un grupo allí.

–Qué locura –contestó Ellie dejándose caer en una silla–. Soy la novata. Es mejor que no vaya yo.

–No es ninguna locura. Te sabes las dos partes de esa película de principio a fin… te sabes todos los diálogos. Te oí declamar el otro día con un cliente. Sí, es verdad que eres la última que hemos contratado, pero eres la mejor guía que hemos tenido nunca.

–Pero no puedo representaros. No se me da

bien lo de las ventas –comentó Ellie que, aunque había hecho muchos contratos en la empresa de localizaciones, no se sentía preparada para negociarlos directamente.

–No te preocupes por eso. Yo me encargaré de los detalles de los contratos y del dinero. De momento, lo que nos ofrecen es ir en viaje de prospección para contarles cómo articularíamos un viaje con clientes si nos permitieran hacerlo. Temen que, como desmantelaron el set de rodaje, ya no haya mucho que enseñar.

Ellie puso los ojos en blanco.

–Ya, ya lo sé, ya sé que nuestros clientes darían lo que fuera por pisar el mismo césped donde se rodó la película –dijo Bridie–. Solo tienes que llevarte una cámara, pensar en los aficionados y ya hablaremos cuando vuelvas.

–¿No vienes conmigo? –preguntó Ellie sintiendo que le sudaban las manos.

–Estamos en temporada alta y alguien se tiene que quedar aquí. Este fin de semana, me haré cargo de tu grupo. Te confío esta misión porque eres la mejor de la oficina y porque no quiero que te intente captar la competencia… aunque no sé si eso lo voy a poder evitar… Ya sé que llevas poco tiempo trabajando aquí, pero las dos sabemos lo mucho que te gusta tu trabajo y lo bien que lo haces. Esto está yendo muy deprisa y va a crecer mucho, ya lo verás, y te necesito a mi lado para que me ayudes a manejarlo.

Ellie no se podía creer que Bridie le estuviera dando una oportunidad así.

—¿En serio?

—En serio —asintió su jefa.

—Está bien, entonces. ¿Cuándo me voy?

Veinticuatro horas después, Ellie bajó del avión en Queenstown. Llevaba sus vaqueros preferidos, camisa blanca, botas y el pelo recogido en una cola de caballo. Había un hombre con un cartel con su nombre esperándola. Cuando se acercó a él, le sonrió y le agarró la maleta.

—Ted Coulson, he venido a buscarla —anunció amablemente—. Las preguntas al jefe, ¿de acuerdo? Yo solo me ocupo de los ciervos. Lo del hotel es cosa del jefe.

—De acuerdo —sonrió Ellie muy contenta.

De momento, se conformaba con ir a ver el lugar del rodaje. Las preguntas podían esperar. Las montañas cubiertas de nieve le parecieron majestuosas. No tardaron mucho en abandonar la carretera principal y tomar una secundaria. El tiempo desapareció mientras Ellie seguía admirando las montañas y el cielo. No era de extrañar que a la gente le gustara rodar películas allí. Era naturaleza en estado puro.

Cuando vio la propiedad, se quedó sin habla.

—Es impresionante, ¿verdad? —le preguntó Ted.

Ellie asintió.

Ted aparcó en un lateral de la casa, donde había un porche amplio y cubierto. A continuación, se bajó y le abrió la puerta. Ellie bajó del vehículo sintiéndose como un ratoncillo que se había equivocado de lugar y se había metido por error en la jaula de un león. Desde luego, aquella gente jugaba en otra liga.

Mientras Ted volvía a montarse en el coche y se alejaba, aparentemente deseoso de volver con sus ciervos, Ellie oyó que la inmensa puerta de madera de la casa se abría y se giró con una gran sonrisa en el rostro, pues quería dar buena impresión.

Pero, al ver lo que vio, se quedó con la boca abierta como una tonta.

—Ellie Summers —la saludó Ruben alargando la mano hacia ella.

—¿El cliente misterioso eres tú?

Ruben sonrió.

—Pero si solo me viste trabajar cinco minutos.

—Más que suficiente. Es evidente que tienes un don.

—No intentes halagarme.

—¿Por qué lo iba a hacer cuando sé que eso no sirve de nada contigo? Solamente estoy siendo sincero.

Ellie evitó mirarlo a los ojos porque sabía que, si lo hacía, iba a empezar a reírse y no quería ponérselo tan fácil.

—No pienso darte lo que quieres.

—¿Cómo sabes lo que quiero?

—Te lo veo en los ojos.

—Pero si no me estás mirando a los ojos.

Ellie los cerró y sintió un cosquilleo por la piel. Estaba decepcionada y excitada a la vez y el flujo de sus pensamientos iba a toda velocidad.

—Este sitio no es tuyo —comentó—. Es de un guitarrista argentino.

—Andreas me lo vendió el año pasado y he pensado en abrirlo a visitas guiadas –contestó Ruben con total calma.

–Pero pediste que viniera yo.

–Porque eres la mejor guía. Eres creativa y quiero que te ocupes tú porque se te da bien improvisar escenarios divertidos.

¿Escenarios divertidos?

–¿Eso es lo único que quieres de mí? –le preguntó sonrojándose todavía más porque se sentía ridícula al haber dado por hecho que…

–No, claro que no –contestó Ruben–. También quiero compartir sexo animal y salvaje contigo durante horas, hasta que no nos podamos mover, pero quizás sea políticamente incorrecto por mi parte admitirlo –añadió sonriendo.

Ellie carraspeó.

–Es mejor ser sincero, ¿verdad?

–Mmm.

Ellie no podía articular palabra, así que se limitó a quedarse mirándolo fijamente. Era muy halagador pensar que aquel hombre quisiera repetir con ella, pero temía que la segunda parte no fuera tan buena como la primera, así que decidió que sería mejor no probar y, además, había ido para trabajar.

–¿No crees que mezclar el trabajo con… esto… es una mala idea?

–Soy perfectamente capaz de no permitir que mi vida personal interfiera en mi vida profesional –le aseguró Ruben encogiéndose de hombros–. ¿Y tú?

–Vaya, así que eres el señor perfecto, ¿eh?

–Me alegro de que me consideres así porque,

definitivamente, puedo ser perfecto para ti —murmuró Ruben—. Por ejemplo, sé exactamente lo que tengo que hacer para conseguir que te corras.

Ellie se apartó porque solo mirarlo la hacía sentir un calor muy intenso en ciertas partes de su anatomía.

—¿Tienes calor? Estás muy roja —añadió acariciándole la mejilla suavemente con el reverso de los dedos.

Aquella suave caricia le traspasó la piel a Ellie y llegó hasta el núcleo de todas sus células, haciéndola elevar el mentón y dar un paso atrás.

—Sí, la verdad es que tengo calor —admitió—. Creo que lo mejor es que no te acerques tanto. Un cliente de la semana pasada tenía gripe y, a lo mejor, me la ha pegado. Te lo digo en serio, no sabes qué gripe tenía.

—Me da igual —sonrió Ruben.

—Ruben…

—No te preocupes —dijo él elevando ambas manos—. No te voy a tocar hasta que me lo pidas y, si insistes, no volveremos a hablar del tema. Solo quería contarte mis planes para el fin de semana. Así, podrás decirme si estás de acuerdo con ellos.

—He venido en nombre de mi empresa, en plan profesional y por ninguna otra razón —le aseguró Ellie.

—Claro.

Dios mío, qué arrogancia, qué seguridad en sí mismo… claro que tenía muchos motivos para actuar así.

—No pienso volver a liarme contigo —insistió Ellie.

—Claro —repitió Ruben girándose—. Bueno, empecemos.

Capítulo Cinco

Ellie siguió a Ruben al interior... sintiéndose como un pimiento que se estuviera asando a fuego lento. Aunque Ruben fuera increíble en muchos sentidos, ella había dejado de ser la señorita Encantadora a cualquier costa, había puesto sus límites y no estaba dispuesta a traicionarse. Estaba allí para trabajar y lo único que iba a hacer era trabajar.

–En las películas no salió la casa en ningún momento –comentó Ruben guiándola por el interior–. Por eso, no se va a visitar. Lo que sí se podrá enseñar serán los terrenos y los edificios colindantes.

–Muy bien, pero en algún momento necesitarán un refrigerio porque se tarda un rato en llegar andando hasta aquí –contestó Ellie, que se estaba muriendo de hambre.

Ruben asintió.

–Hay un pabellón de invitados un poco más allá y, por las mañanas, podemos darles té o algo. Tengo cocinera.

–De hecho, nos ha dejado la cena preparada.

A Ellie le habría encantado poder decir que no, pero tenía que reponer fuerzas. De lo contrario, podía cometer una locura. Solo llevaba dos minutos siguiéndolo y ya lo deseaba.

–Sí, me encantaría comer algo, gracias –contestó.

Ruben se giró sorprendido.

–¿Ahora mismo?

–Sí –contestó Ellie con entusiasmo–. Y también tengo sed.

Ruben se rio, lo que a Ellie no le puso las cosas fáciles, pues su risa la atraía sobremanera.

–Muy bien –dijo llevándola hasta una cocina preciosa–. Tenemos una buena bodega. ¿Vino blanco, rosado o tinto?

–Agua del grifo me va bien, gracias –contestó Ellie.

–¿No quieres vino? –bromeó Ruben–. ¿Nada de champán esta noche?

–No soy tan tonta como para cometer el mismo error dos veces –contestó Ellie.

–¿Le echas la culpa de lo sucedido a las burbujas? –sonrió Ruben.

Ellie aceptó el vaso de agua fría que le había tendido.

–No, pero no creo que ayudara. Soy una mujer adulta y, como tal, acepto que la mayor parte de lo ocurrido fue culpa mía.

Ruben se quedó mirándola fijamente desde el otro lado de la encimera de granito.

–¿Qué me dices de este lugar? ¿Te inspira tanto como el *château*?

Ellie se tomó el agua con la esperanza de que la refrescara por dentro y no contestó sino que se giró y se quedó mirando por la ventana.

–¿Cuántas propiedades así tienes? –le preguntó con la idea de no acercarse jamás a una de ellas.

–Cinco hasta el momento. Estoy en negociaciones para adquirir otras dos.

–Vaya, son unas cuantas…

Sobre todo, teniendo en cuenta lo que debían de costar.

–No todas son tan grandes como esta, pero me dan trabajo, no te vayas a creer.

Ellie se giró hacia él y comprobó que parecía cansado. Sobre la mesa, descansaban el ordenador portátil y varios teléfonos.

–¿El *château* fue tu primera adquisición? –le preguntó–. Era de tu padre, ¿no?

–Para él, verlo completamente reformado habría sido un sueño hecho realidad, pero murió antes de poder verlo acabado –contestó Ruben sin emoción alguna.

–Vaya, lo siento.

–Sí, murió de cáncer. Era mayor –le explicó Ruben–. Supongo que le llegó su hora.

–¿Y, a su muerte, tú te hiciste cargo del *château*? –quiso saber Ellie, interesada por saber cómo demonios se las había ingeniado Ruben para tener todo lo que tenía.

Ruben asintió.

–¿Cuántos años tenías?

–Catorce cuando murió y diecisiete cuando me hice cargo del *château*.

–¿Diecisiete?

Ruben sonrió al verla estupefacta.

–Mi madre me lo donó.

–¿De verdad?

–Yo lo quería y ella, no.

Ellie se quedó mirándolo boquiabierta.

–Y ella, ¿dónde está ahora?

–Volvió a Francia unos meses después de la muerte de mi padre. No quería que la tomaran por la viuda alegre.

–¿Y tú te quedaste en Nueva Zelanda a pesar de tu edad y de que no habías terminado ni el colegio?

–Quería terminar la reforma del *château* –contestó Ruben sacando una fuente del frigorífico y metiéndola en el microondas–. Quería terminar el sueño de mi padre, pero mi madre no podía con ello y no la culpo.

¿Su madre estaba tan triste que se había ido dejando a su único hijo solo? Al parecer, Ruben y ella tenían algo en común.

–¿La ves? –le preguntó con curiosidad.

–Me comunico con ella por Skype, pero los dos tenemos muchos cosas que hacer. Ella tiene una tienda de ropa a la que le dedica mucho tiempo y yo estoy a tope de trabajo.

Ellie se dijo que ella tampoco tenía una relación estrecha con su padre.

–Debías de estar muy unido a tu padre para querer terminar su sueño.

Ruben volvió a sonreír.

–De eso, hace ya mucho tiempo.

Sí, pero había heridas que nunca se cerraban y, aunque Ellie no había sufrido la pérdida de nadie cercano, comprendía que el dolor debía de durar toda la vida.

–¿No tienes más familia?

–No, y tampoco la quiero –contestó Ruben–. No tengo ninguna intención de casarme ni de tener hijos.

–Muy sutil –contestó Ellie–. No hace falta que me adviertas porque no me pienso acercar a ti.

–Claro, claro, habrán sido imaginaciones mías –se rio Ruben.

A pesar de su arrogancia, Ellie no pudo evitar sonreír.

–¿Y por qué no quieres comprometerte? ¿Has tenido alguna mala experiencia? ¿Alguna cazafortunas? –le preguntó.

–No –contestó Ruben sacando un cuenco con ensalada de la nevera–. Es una cuestión de prioridades. Mi prioridad desde hace tiempo es mi trabajo y así va a seguir siendo. Viajo mucho y no puedo estar a la entera disposición de nadie.

–Estamos hablando de casarse, no de esclavitud –comentó Ellie con el ceño fruncido.

–¿Hay alguna diferencia? –le preguntó Ruben sonriendo como si estuviera bromeando–. No puedo ser el marido de nadie, no puedo ser el hombre que siempre va a estar disponible para las cosas importantes. No sería justo por mi parte prometer que sí voy a estar y dejar en la estacada a mi mujer una y otra vez. No quiero que nadie me odie.

¿Habría sido eso? ¿Habría tenido una relación con una mujer que le había reclamado demasiado tiempo? ¿No se habría dado cuenta de que el hombre con el que estaba era un adicto al trabajo? Tal vez, Ruben gastaba toda su energía en mantener sus empresas y no tenía disponible para mantener una relación, además. ¿Y por qué iba a tener que hacer aquel esfuerzo cuando seguro que tenía millones de mujeres queriendo acostarse con él?

—Eso no son más que excusas —contestó—. No quieres comprometerte con una mujer porque puedes conseguir lo que quieres de varias —le espetó—. ¿Por qué te ibas a conformar con una?

Mientras llenaba un cuenco con arroz, Ruben sonrió y no negó la acusación de Ellie.

—¿Comemos? —le propuso.

—Comida de microondas, ¿eh? Qué rica —se burló Ellie.

—¿Por qué no la pruebas antes de criticarla?

Ellie elevó el mentón en actitud desafiante y probó el arroz al curry bajo la atenta mirada de Ruben.

—Admito que es la mejor comida de microondas que he probado en mi vida —comentó.

Ruben se rio y comenzó a comer también.

La cena fue muy rápida porque estaba deliciosa y Ellie no dudó en decírselo varias veces. La conversación se centró en restaurantes de Wellington y locales de la zona, así que Ellie se sintió segura y tranquila. Después de cenar, lo ayudó a meter los platos en el lavavajillas y tuvo que hacer un gran esfuerzo para no pensar una y otra vez que le gustaba la compañía de Ruben.

Cuando Ellie se dio cuenta, miró el reloj y le preguntó a qué hora se tenían que poner en marcha al día siguiente.

—Después de desayunar. No hay prisa. No te pongas despertador ni nada. Cuando te despiertes, desayunamos y nos vamos y...

—Creo que sería mejor que me...

—Siéntate en el sofá y disfruta de las vistas —la interrumpió Ruben—. Todavía no es hora de irse a la cama. Tenemos cosas de las que hablar.

—¿No tienes que trabajar? —le preguntó Ellie dándose cuenta de que tenía que alejarse de él.

—Yo siempre tengo que trabajar —contestó Ruben guiándola hacia el salón, donde había unos increíbles sofás que daban a los ventanales.

Ellie se sentó manteniendo las rodillas y los tobillos pegados y sin mirarlo.

—¿De qué quieres que hablemos?

—De las películas —contestó Ruben sentándose en el sofá de enfrente—. ¿Cuál de las dos te gusta más?

—¿Me lo preguntas en serio? —se sorprendió Ellie—. ¿Te gusta el cine? Jamás lo hubiera dicho. ¿Has visto las que se rodaron aquí?

—No mucho, la verdad —contestó Ruben—, pero el otro día saqué un rato para verlas y me gustaron. Ilústrame.

Ellie así lo hizo y se sorprendió al comprobar que Ruben las había visto de verdad y recordaba muchos detalles. Resultó que también había visto bastante cine clásico y unas cuantas películas francesas.

—¿Has visto alguna de Gérard Depardieu? —le preguntó.

—A mi madre le encanta. Mi padre solía imitarlo, pero se le daba muy mal.

Así que sus padres habían tenido sus buenos momentos.

—¿Y tú cómo es que ves tantas películas? —quiso saber Ruben.

—Bueno, las veo desde pequeña. Es pura costumbre.

—¿A tus padres les gustaba ver películas?

No, no era eso. No era que hubieran visto películas los tres acurrucados en el sofá del salón, como seguramente había hecho Ruben. En su caso y para envidia de sus amigas, tenía televisor y vídeo en su habitación y las veía sola.

—Era a mí a la que le encantaba ver películas —contestó Ellie.

Mundos más agradables en los que los malos se llevaban su merecido, los huérfanos encontraban buenas casas y las chicas feas conseguían a los chicos que les gustaban. Eran mundos de mentira, pero le gustaban.

—¿Y de verdad te gusta guiar las visitas? —le preguntó Ruben como si le costara creerlo.

—Estar con los aficionados es mucho más divertido que el trabajo de oficina —le explicó Ellie—. Yo soy una de ellos y entiendo su entusiasmo. Me encanta viajar, me encanta conocer gente con la que tengo mucho en común y que me cuenta muchas cosas. Es genial.

La conversación le hizo darse cuenta de que no estaba dispuesta a estropear el magnífico trabajo que tenía acostándose con un posible cliente.

–Ahora comprendo por qué te quieren tanto. Tu entusiasmo es contagioso –comentó Ruben mirándola de una manera que a Ellie la puso nerviosa–. ¿Sabes que tenemos piscina?

Aquello la puso todavía más nerviosa.

–No me he traído bañador y ni se te ocurra sugerirme que nos bañemos desnudos –contestó al verlo sonreír.

–Es climatizada. Y también hay spa.

Ellie sabía que quedarse hablando con él no sería inteligente. Aunque no había bebido nada, se sentía como si el champán le corriera por las venas.

–No necesito probar todo lo que tienes para tus huéspedes ricos. Yo estaré con los aficionados normales y corrientes.

–Lo decía por si te ayudaba a relajarte… –se defendió Ruben alzando las manos en actitud inocente.

–A bajar la guardia, querrás decir –contestó Ellie, que no había ido hasta allí a relajarse.

–¿Y si montamos un rato? –le propuso Ruben riendo al ver su expresión de sorpresa–. Me refiero a montar un rato a caballo, a salir a ver las estrellas.

–No me gusta demasiado montar a caballo –contestó Ellie–. Mañana tenemos que hacer muchas cosas, así que creo que me voy a acostar pronto.

–Tienes miedo.

–Admito que los caballos me dan miedo, sí –se rió–. Estoy siendo prudente.

Ruben suspiró exageradamente.

—Venga, vamos, Cenicienta —accedió tomando su bolsa de viaje de la cocina y guiándola escaleras arriba—. Esta es tu habitación —anunció al llegar al fondo de un pasillo.

—Gracias —contestó Ellie entrando y girándose rápidamente para impedir que él lo hiciera también.

Pero él ya estaba dentro.

—Entérate bien. Mi habitación está a tres puertas de aquí. En la misma planta. Imposible equivocarse. Aunque se fuera la luz, no te equivocarías y siempre puedes mirar en todas las demás porque no hay nadie, solo tú y yo, así que tampoco te equivocarías...

—Sigue soñando.

—Por supuesto. Sueño con ello todas las noches —contestó Ruben encogiéndose de hombros sin ninguna vergüenza—. Exactamente igual que tú.

—La puerta se puede cerrar con llave, ¿verdad?

—Esta noche no hay luna llena —continuó Ruben ignorando su interrupción—. Aquella noche tampoco la había. No hace falta que te hagas la dura para hacer lo que quieres hacer.

—No quiero hacer nada contigo —le aseguró Ellie muy seria.

—Me gustas más cuando te pones nerviosa y eres sincera que cuando pretendes mantener las distancias y mientes.

Ellie no sabía si reírse o indignarse.

—¡Pero mira que eres creído!

—No, no soy creído, soy sincero y no me cuesta admitir que algo me ha gustado.

—Mira, lo que pasó fue un error y a mí me gusta aprender de mis errores.

—Pues yo me alegro de que te equivocaras de habitación y te ahorraras el gran error, que habría sido acostarte con el otro.

—Lo que pasó contigo también fue un error.

—¿Cómo puedes decir eso? —murmuró Ruben—. Estás tan cautivada como yo.

Ellie se dijo que debía poner punto final a aquello, antes de caer a sus pies.

—Todo esto es muy halagador, pero… en estos momentos, no estoy disponible para nadie. Aquella noche quedó claro que soy una idiota.

—No, no fuiste ninguna idiota —le dijo Ruben—. No fue un acto desesperado.

—¿No? ¿De verdad que no?

—No tiene nada de malo tener necesidades y darles rienda suelta —le aseguró Ruben poniéndose serio por primera vez en toda la velada—. ¿Sabes lo que me pareces?

Ellie no estaba segura de quererlo saber.

—Me pareces una mujer espontánea y apasionada y tan humana como yo. Te equivocas y tienes anhelos. Lo que sucedió fue refrescante, muy diferente, estuviste estupenda, me hiciste sentir…

—Un momento, no me pongas como una diosa del sexo solo porque te quieres volver a acostar conmigo —lo interrumpió Ellie a la desesperada—. La verdad es que no quiero tener ninguna relación ahora mismo. Tengo un trabajo que no quiero perder porque me encanta.

–Yo tampoco estoy interesado en tener una relación –contestó Ruben–. Me resulta imposible. Estoy en mitad de un nuevo proyecto y estoy viajando mucho, paso cada semana en un hotel diferente –se rio.

–Entonces, no tenemos nada de lo que hablar, ¿no?

–Bueno, hay un detallito –contestó Ruben acercándose.

–Has dicho que no ibas a intentar nada.

–Y no lo estoy haciendo.

–Sabes perfectamente que sí lo estás haciendo –le recriminó Ellie negando con la cabeza–. ¿Por qué no te vas a un bar a tomar una copa o algo? Seguro que puedes conseguir sexo siempre que te lo propones.

–Es evidente que no.

Ellie tragó saliva.

–Me gusta divertirme de vez en cuando, pero llevo bastante tiempo solo –le aclaró Ruben mirándola fijamente–. Yo sé cuáles son mis necesidades. A lo mejor tú no, pero lo que pasó aquella noche deja claro que también las tienes, aunque no hables de ellas.

–No puede suceder.

–Sí, claro que puede suceder. Solo una vez más. Qué tentación.

–Has prometido no tocarme a menos que yo te invitara a hacerlo –susurró Ellie sabiendo que su tono de voz era invitación más que suficiente y desviando la mirada al suelo para no ver su sonrisa ni sus ojos.

—Mírame —le pidió.

Ellie no quería hacerlo, no quería que Ruben ganara, no quería dejarse llevar. Sentía su cercanía, el calor de su cuerpo, lo que hizo que se le disparara la adrenalina.

—Ruben —suspiró.

—No te estoy tocando —murmuró él en tono seductor—. ¿Quieres que te toque?

A Ellie le habría encantado que lo hiciera, pero sabía que estaba jugando con fuego y que podía salir muy mal parada no solo en el terreno personal sino también en el profesional.

—Buenas noches —le dijo empujándolo para que saliera de su habitación.

Ruben se dejó empujar y Ellie cerró la puerta.

—Que tengas felices sueños, bonita —se burló desde el otro lado.

Oh, sí, Ellie era consciente de los sueños que, posiblemente, tendría, pero eso era lo único que iba a haber: sueños.

Capítulo Seis

–Se supone que estamos en verano –comentó Ellie mirando por la ventana, desde la que se veía todo el paisaje cubierto por la bruma.

Sus planes no iban a poder ser. No iban a poder salir a ver las localizaciones en las que se habían rodado las películas y ella necesitaba a salir de la casa cuanto antes. De lo contrario, le iba a saltar a Ruben al cuello.

–No es para tanto.

Se giró y lo encontró en vaqueros y más atractivo que nunca.

–Ven a comer algo –le indicó él–. Si no te importa mojarte un poco, podemos salir a dar un paseo a caballo –comentó mientras Ellie se servía cereales en un cuenco.

¿Pero no se daba cuenta de que ya estaba completamente mojada?

–No pienso montar contigo –le aseguró mirándolo.

–Si no quieres ir a caballo, podemos ir en *quad* –propuso Ruben–. Está demasiado lejos como para ir andando –le explicó–. Además, supongo que a tus turistas les encantarán las excursiones en *quad*.

Ir en *quad* quería decir que tendría que sentarse

detrás de él y agarrarse a su cintura. Era evidente que Ruben estaba decidido a echar por tierra sus barreras.

–Bien, pero quiero uno para mí sola –decretó masticando los cereales.

–Muy bien –contestó Ruben como si le diera igual–. Mientras tú terminas de desayunar, yo voy a preparar los *quads*.

Cuando Ruben se giró para irse, Ellie no pudo evitar fijarse en su trasero, en lo bien que le quedaban los vaqueros y en la elegancia con la que andaba. Una vez a solas, volvió a concentrarse en los cereales diciéndose que, si no iba a poder saciar cierto apetito interno, por lo menos, saciaría el otro. A ver si, así, le dejaban de temblar las piernas.

Sin embargo, veinte minutos después, sentada en una potente máquina, le vibraban más que nunca. Si seguía así, no iba a poder volverse a poner en pie. Aquello era de locos. Era imposible que se estuviera excitando con una máquina. No, claro que no. Ya estaba excitada antes de subirse a ella.

–¿Adónde vamos? –le preguntó a Ruben.

Condujeron durante casi una hora y media, parando en algunos lugares que Ruben le explicó que se habían utilizado en el rodaje. Luego, pararon los *quads* y apagaron los motores. Ellie pudo disfrutar del precioso paisaje, lo que hizo que se olvidara de que había dormido mal pensando en Ruben y comenzara a sentirse muy bien.

–Podemos seguir un poco más hacia el valle –sugirió Ruben, emocionado.

–¿No te preocupa que arrecie la lluvia?

–No. Estoy bien, ¿y tú?

–Yo, también –contestó Ellie, que se moría de ganas por seguir viendo aquellos paisajes tan impresionantes.

Con él.

Aunque llevaba los vaqueros llenos de barro y la lluvia le había calado hasta la camiseta, le daba igual. Siguió a Ruben por el sendero y bajaron hacia el río. Un rato después, la lluvia comenzó a caer con más fuerza. Las máquinas levantaban tanto barro que Ellie apenas veía por dónde iba. En un momento dado, vio que el *quad* derrapaba delante de ella y quedaba a dos ruedas, lo que la hizo gritar asustada.

Pero Ruben saltó con maestría y aterrizó en el suelo sobre las plantas de los pies.

–Hola, hombre de barro –bromeó ella ocultando el alivio que le producía que no se hubiera hecho nada.

Menos mal que iban a poca velocidad. Ruben se rio, se quitó el casco y supervisó los daños.

–Voy a necesitar una grúa para sacarlo de aquí.

Ellie no quería fijarse en el pelo revuelto de Ruben, y tampoco querían imaginarse cómo tendría ella el pelo al haberse quitado también el casco, pero lo que no quería pensar bajo ningún concepto era en que estaban a varios kilómetros de la casa y que iban a tener que volver los dos en su *quad*.

–Lo has hecho adrede, ¿verdad? –lo acusó enfadada.

–Es cierto que puedo hacer muchas cosas increíbles, pero todavía no sé cómo controlar el tiempo –contestó Ruben riéndose–. Además, para que lo sepas, la lluvia me molesta más que a ti.

–¿Por qué? –le preguntó Ellie en tono incrédulo.

–Porque tenía planes para hoy.

–Infames, supongo… –comentó sentada en el *quad* y con las manos en las caderas.

–Por supuesto –admitió Ruben–. Menos mal que yo siempre tengo un plan B.

Ellie supuso que los planes de Ruben incluían seducirla y conseguir acostarse con ella. Lo sabía porque no lo había ocultado en ningún momento, siempre había sido sincero. Pero Ellie no estaba dispuesta a ceder.

–No pienses que te voy a ceder mi *quad* –le advirtió con firmeza–. No te pienso dejar conducir. Eres demasiado temerario.

Ruben se acercó y colocó las manos en el manillar de la máquina de Ellie.

–¿Quieres que vuelva andando?

–No, voy a conducir yo.

–Te gusta controlar la situación, ¿eh? –murmuró Ruben.

Ellie se dio cuenta de que había cometido un grave error. Ruben se sentó detrás de ella. Lo sentía demasiado cerca, sentía sus manos en la cintura y se dijo que, si hubiera sido ella la que se hubiera montado detrás, la situación habría resultado menos íntima.

–No hace falta que te agarres a mí con tanta fuerza porque no voy a ir deprisa –le dijo.

Ruben se rio y a Ellie le entraron ganas de echarse hacia atrás para absorber la vibración de su pecho, pero encendió el motor y aceleró con determinación.

–Vaya, veo que sabes perfectamente lo que haces –comentó Ruben cuando hubo salido de la parte más difícil del río a toda velocidad–. Podrías ir a uno de esos programas de la televisión de supervivencia en la naturaleza.

–No te pases, no hago rápel con hilo dental ni esas cosas que hacen en esos programas –bromeó Ellie–. Conozco perfectamente mis limitaciones. Sé hasta dónde puedo llegar.

–¿Ah, sí? ¿Y hasta dónde quieres llegar?

Ellie ignoró la doble intención de la pregunta y contestó sinceramente.

–Todavía me dan miedo las alturas.

–¿Todavía?

–Se me revuelve el estómago, pero la mayoría de las veces lo puedo controlar –le contó–. A mi padre le encantaba escalar en alta montaña. Aquí, se encontraría en su elemento.

–¿Y tú sueles escalar con él?

–Cuando era más joven, sí –contestó Ellie brevemente–. Si quería pasar tiempo con él, tenía que hacerlo porque él estaba todo el día escalando.

–¿Y tú querías pasar tiempo con él?

–Claro que sí.

Era su padre y Ellie se había pasado toda la vida

buscando su atención y su aprobación hasta que había crecido lo suficiente como para aceptar que eso nunca se iba a producir.

—Aunque la verdad es que nunca llegué a comprender su necesidad por conquistar la naturaleza. O sea apreciar su belleza, respetar a los animales, disfrutar, pero, ¿por qué esa necesidad de domarla? ¿Dónde está la gracia en arriesgar la vida? ¿El ser humano contra la naturaleza? Siempre ganará la naturaleza.

—¿Y dónde vive tu padre? —quiso saber Ruben.

—No muy lejos de aquí. Tiene una tienda de artículos de montaña y de esquí.

—Vaya. ¿Te quieres pasar a verlo mientras estás aquí?

—No.

—¿Y tu madre? ¿A ella también le gustan los deportes al aire libre?

—No, ella es todo lo contrario. Ella es la reina de las urbanitas y vive en Sídney.

—¿Están divorciados?

—Sí, se divorciaron hace casi veinte años.

—Y siendo tan diferentes, ¿cómo es que llegaron a casarse?

—Tuvieron una aventura y mi madre se quedó embarazada, así que intentaron que funcionara, pero fue imposible. Habría sido mejor para todos que hubieran decidido poner fin a su relación mucho antes.

—Pero te querían —comentó Ruben como si eso lo solucionara todo.

A veces, Ellie pensaba que habría sido mejor que la hubieran dado en adopción a una pareja que realmente hubiera querido tener hijos. Sus padres habían sido demasiado egoístas. Ninguno de los dos había querido sacrificar lo que era importante para ellos y Ellie había tenido que encajar como había podido en sus vidas. Jamás se había sentido realmente deseada y nunca había tenido la convicción de hacerlos felices.

Cuánto le hubiera gustado ser el centro de sus vidas, no haber tenido que hacerse hueco como una contorsionista para encajar en sus existencias.

—Decidieron tener la custodia compartida, pero solo porque ninguno de ellos quería quedarse conmigo.

—¿Qué quieres decir con que ninguno de ellos quería quedarse contigo? —le preguntó Ruben agarrándose con un poco más de fuerza a su cintura e inclinándose adelante.

—Exactamente eso —contestó Ellie dudando si seguir hablando de aquel tema—. Ya sabes, una semana con mi madre y otra semana con mi padre —le explicó—. A todo el mundo le parece genial porque puedes hacer lo que te dé la gana ya que en casa de tu madre hay unas normas y en casa de tu padre hay otras. Se supone que haces lo que quieres porque siempre puedes decir que el otro te deja hacerlo, pero para mí fue espantoso. A mí me habrían ido bien unas cuantas normas… por lo menos, con eso me habrían demostrado que les importaba.

Sí, si hubieran discutido un poco de su bienestar, las cosas habrían sido más normales. Los había oído discutir muchas veces cuando uno de los dos pretendía saltarse la semana que le tocaba estar con ella y se había convencido de que para sus padres era una molestia. Por eso, se había acostumbrado a hacer lo que ellos querían y no lo que ella quería. Por eso, cedía, era buena e intentaba agradar, lo que resultaba extenuante. Al final, se quedaba en su habitación viendo películas. Sola.

–¿Eres hija única?

–Sí –contestó Ellie–. Es una suerte teniendo en cuenta qué tipo de padres tengo, pero la verdad es que me habría venido bien tener compañía.

–¿Y tú sueñas con tener una familia tipo *Con ocho basta?*

Ellie se rio.

–Eso son fantasías…

–Desde luego –convino Ruben.

–¿Cómo lo sabes? Tú también eres hijo único.

–Sí, pero tenía muchos amigos que tenían familias numerosas y no te creas que les encantaba –le contó Ruben–. ¿Quieres tener hijos? –le preguntó a pesar de que sabía que no debía hacerlo.

–No lo sé. Probablemente, no.

–¿De verdad? –se extrañó Ruben.

–Bueno, a lo mejor si conozco al hombre adecuado… –admitió–. Pero realmente tiene que ser el hombre adecuado. Necesito que quiera estar conmigo y que quiera tener hijos. No es agradable saber que no has sido un hijo deseado. Quiero que, si tengo hijos, mis hijos tengan a sus dos padres cerca, puedan contar con su apoyo y con su amor y sepan que están a su lado para lo que haga falta.

Ruben lo entendió perfectamente. Ellie quería que sus hijos tuvieran los padres que ella no había tenido. Aquello hizo que sintiera pena por ella, pero también admiración por su valor. Era evidente que Ellie tenía claro lo que quería y que no estaba dispuesta a hacerlo de otra manera. Era evidente que no iba a querer nada serio con un tipo como él porque él nunca podría estar ahí para lo que fuera necesario.

—Me da la sensación de que tú no eres de los que quieren tener hijos —comentó Ellie en tono divertido.

—Me gustan los niños, pero no creo que pudieran encajar en mi vida. No puedo garantizar estar ahí para ellos porque quiero hacer ciertas cosas y no me parece justo tener una familia cuando no les puedes dar todo lo que necesitan —contestó Ruben sinceramente.

No quería quedarse sin hacer ciertas cosas por las responsabilidades que hubiera adquirido de cara a su familia. No tenía capacidad ni ganas de cumplir con las demandas de una relación larga y duradera. Lo había intentado unos años atrás con Sarah y le había salido fatal. Su padre, por ejemplo, lo había hecho bien en la relación, pero le había ido fatal en los negocios. Era imposible compaginar las dos cosas.

—Ahora mismo, estoy completamente volcado en mi trabajo, pero tampoco me gustaría casarme y tener hijos tan mayor como mi padre. Le agradezco en el alma el haberme tenido, pero ojalá lo hubiera hecho antes.

–¿Tu madre era más joven?

–Unos treinta años –contestó Ruben–. Todo el mundo creía que mi padre era mi abuelo –recordó intentando no darle importancia–. Pero a ellos les daba igual, estaban completamente enamorados, paseaban por la calle agarrados de la mano como adolescentes.

–Había oído que su matrimonio no había sido nada feliz –contestó Ellie parando el *quad*.

–Qué va –se rio Ruben–. La gente no podía entender la diferencia de edad entre ellos, pero su matrimonio fue muy feliz.

–¿Y a ti te molestaba que hablaran de tus padres?

–Ya te puedes imaginar que en un sitio tan pequeño, los rumores eran insistentes.

–¿Qué hay de malo en que dos personas se hagan felices mutuamente? ¿Por qué no puede la gente alegrarse por ellos? ¿Acaso no queremos todos encontrar un gran amor así?

Ruben sonrió ante su ingenuidad. Aquella mujer había visto demasiadas películas con final feliz.

–La gente puede resultar muy desagradable cuando no comprende algo. Estaban realmente enamorados. Muy, pero que muy enamorados. A veces, resultaban incluso empalagosos –le narró recordando cómo, en algunas ocasiones, se había sentido excluido.

Aunque siempre había sido consciente de haber

sido el fruto de su amor, a veces se había sentido apartado. Jamás se lo había dicho. Aprendió a manejar a los otros chicos cuando hacían comentarios desagradables. No le había quedado más remedio. Un niño bajito de seis años que hablaba inglés con acento extranjero y cuyo padre ya estaba jubilado mientras que la madre era más guapa y joven que la de los demás. No le había quedado más remedio y lo había hecho estupendamente.

–Veían el mundo el uno a través de los ojos del otro –recordó con una mezcla de felicidad y de frustración porque sus padres no habían podido llegar a más debido a la adoración mutua que se tenían.

–¿Y tu madre se ha vuelto a casar? –preguntó Ellie.

–No. A mí me encantaría que lo hiciera –confesó Ruben por primera vez en su vida–, pero ella insiste en que jamás conocerá a nadie como mi padre. Yo creo que le da miedo volver a sufrir una pérdida tan grande. Cuando mi padre murió, no fue capaz de seguir viviendo en Nueva Zelanda, donde tan feliz había sido con él.

–¿Y tú? Tú eras muy pequeño, ¿no?

Ruben se rio para apartar la compasión de Ellie. Siempre se reía cuando alguien tocaba un tema demasiado delicado para él.

–Yo me quedé aquí porque quería terminar lo que mi padre había empezado. Lo quiero hacer por él.

–Supongo que a tu madre le dolería mucho separarse de ti.

Aquel comentario le dio de lleno, pero Ruben consiguió controlarlo.

–Mi madre sabía que yo estaba bien y ocupado –contestó.

Él se había encargado de hacérselo creer así. Siempre se le había dado bien ocultar su dolor. Los años de entrenamiento en el colegio le habían dado eso. No había nadie que cubriera el dolor con una sonrisa mejor que él. Se había sobrepuesto a las situaciones desagradables porque sabía reír y hacer reír a los demás, pero jamás había permitido que los demás se acercaran realmente a él porque sabía lo mucho que se sufría cuando una persona querida se iba.

–Lo habría pasado muy mal si se hubiera quedado –concluyó e hizo un comentario de la montaña que tenían a su derecha.

–Pues no me he traído otros vaqueros –comentó Ellie cuando se bajaron del *quad*.

Ruben no pudo contener la risa, Ellie parecía una diosa de barro.

–Te dejo unos, si quieres.

–No creo que me quepan.

–Seguro que sí. Venga, que me estoy muriendo de frío –mintió.

Aquella misma mañana había ordenado que quitaran la lona que cubría la piscina del spa y hacia allí se dirigió.

–Ya te he dicho que no me he traído bañador –le recordó Ellie siguiéndolo y mirando el agua con anhelo.

Era evidente que Ellie tenía una vena sensual y Ruben estaba más que dispuesto a conseguir que la explotara.

–Te puedo prestar una camiseta –se ofreció.

Sabía que Ellie se iba a tener que quitar los vaqueros, aquella tela azul completamente empapada que le marcaba los glúteos y los muslos. Se moría por deslizar la mano y desabrocharle la bragueta.

Para controlarse, se dirigió al vestuario y salió con una camiseta, que le entregó a Ellie. A continuación, la dejo a solas para que se cambiara. Mientras tanto, él hizo lo mismo junto a la piscina y se obligó a darse una ducha fría para quitarse el barro antes de meterse en el agua caliente.

–No has podido resistirte, ¿eh? –bromeó Ellie cuando salió del vestuario.

Ella también se había duchado y, por eso, la camiseta de Ruben se le pegaba al cuerpo mojado. Ruben apretó el botón del hidromasaje para que las burbujas salieran con más fuerza y ocultaran el efecto que verla así tenía en él.

–¿Resistirme a qué? –preguntó vagamente, sin poder apartar sus pensamientos del sexo.

Le habría encantado poder dejar de pensar en ella o, por lo menos, haber sido capaz de pensar en otra mujer porque nunca se había sentido tan obsesionado con nadie. Seguramente, había sido porque aquella mujer lo había despertado en mitad de la noche cabalgándolo.

Pura fantasía hecha realidad.

Por supuesto, no podía dejar de pensar en ello.

Por supuesto, tenía que conseguir acostarse con ella de nuevo… aunque solo fuera durante el fin de semana. Por supuesto, no estaba resultando tan fácil como había planeado.

–A buscar el placer –contestó Ellie negando con la cabeza y estremeciéndose mientras se metía lentamente en el agua.

–Trabajo mucho, así que también tengo derecho a disfrutar de mi tiempo libre –contestó Ruben mirándola de reojo–. Relajarse, celebrar y disfrutar de los placeres de la vida no tiene nada de malo. Deberíamos hacerlo más a menudo, de hecho.

–Si te crees que voy a acceder a acostarme contigo porque te pongas a cantar las bondades del hedonismo, estás muy equivocado –le espetó Ellie.

–Sabes que tengo razón. Tú misma lo dijiste –le recordó–. Dijiste que había sido el mejor encuentro sexual de tu vida –añadió recordando aquella noche.

¿Cómo no recordarla cuando su protagonista se estaba metiendo en una bañera de agua caliente con él y se le estaba mojando la camiseta?

–La verdad es que no es de buen gusto comparar –comentó Ellie sentándose frente a él, pero sin atreverse a mirar su torso desnudo.

Seguro que para él no había sido el mejor encuentro sexual de su vida.

–No me estoy comparando con nadie –se rio Ruben–. Solo te estoy recordando que la noche que pasaste conmigo fue la mejor de tu vida en cuanto al sexo. No entiendo por qué no quieres repetir.

—Porque no fue real —contestó Ellie.

—¿Cómo que no fue real? —se indignó Ruben.

En un abrir y cerrar de ojos, el ambiente relajado y divertido se evaporó. Ellie sintió que las burbujas de la bañera las provocaba la temperatura de su cuerpo.

—No, no fue real —insistió.

Ruben la miró fijamente.

—Dijiste que fue el mejor encuentro sexual de tu vida —repitió.

—Está bien, eso es cierto, pero, ¿no te parece que eso fue porque todo fue una gran fantasía? ¿Como un sueño? Fue tan bueno que es imposible que fuera real. Yo no te conocía y tú no me conocías a mí —prosiguió—. No podríamos volver a recrear ese escenario.

—¿Lo que me estás diciendo es que crees que, si volviéramos a estar juntos, sería una decepción? —quiso saber Ruben con incredulidad.

—Evidentemente —murmuró Ellie—. ¿Tú no crees lo mismo?

—No y, además, ¿no sientes curiosidad?

—Yo…

Sí, claro que sentía curiosidad. Muchísima. Pero no se quería arriesgar a perder su trabajo.

—Te gustó el sexo de fantasía —comentó Ruben.

—Y a ti también —se defendió Ellie.

—Sí, a mí me encantó —admitió Ruben con una gran sonrisa—. Hay otras muchas cosas que podríamos hacer…

—No me gustan las perversiones.

–Oh, nada de perversiones, bonita. Se me ocurren unas cuantas fantasías de lo más sencillas y efectivas… si te apetece probarlas…

Ellie se mojó los labios con la lengua sin darse cuenta del erotismo que estaba añadiendo a la escena.

–Ellie.

Oh, ayuda. No se podía mover, no podía huir. Esperó a que Ruben se acercara. Lo tenía tan cerca que tuvo que elevar el mentón para mantener el contacto visual, tan cerca que sentía su respiración. La excitación era tan fuerte que sus propios músculos no le respondían.

–¿Quieres fantasía? –le preguntó Ruben inclinándose sobre ella.

Ellie no podía ni respirar, solo oía las palabras de Ruben y el latido amplificado de su corazón. Sentía la piel de todo el cuerpo supersensible. Sentía todas y cada una de sus células supersensibles. Gritaban que lo deseaban, gritaban tanto que acallaban a la voz de la razón e hicieron que Ellie ladeara la cabeza y la acercara a la de Ruben de manera que sus labios se tocaron.

En aquel mismo instante, se supo perdida, cerró los ojos y se concentró en la sensación de terciopelo de sus besos y en la insistencia de su lengua, que la llevó a abrir la boca para él, a dejarlo entrar porque lo que Ruben le estaba transmitiendo era exactamente lo que ella sentía: pasión y necesidad.

Con cada beso de Ruben, la resistencia de Ellie se iba derritiendo. Toda ella se estaba derritiendo, sus músculos, su boca... pero existía un centro tenso, que le indicaba que los besos no iban a ser suficiente, que necesitaba más contacto para derretirse por completo.

Ellie necesitaba sentir piel con piel, torso con pecho, muslos con muslos, los brazos de Ruben alrededor de su cuerpo, poder aferrarse a él en una intimidad sin fronteras. O, sí, quería eso y lo quería inmediatamente.

Gimió y Ruben la besó con más fuerza, haciéndola estremecerse. Lo tenía muy cerca, muy cerca... pero no era suficiente todavía... todavía había distancia entre ellos...

—¿Qué te ha parecido esta fantasía? —le preguntó Ruben apartándose y sentándose de nuevo en su sitio.

Ellie no se lo podía creer, no se podía creer que la hubiera besado así y se hubiera alejado, no se podía creer la intensidad de su expresión y de su acción, aquella intensidad que se había evaporado.

—Desde luego, se te da muy bien provocar —concedió.

—Tú tampoco te quedas corta —contestó Ruben.

—Yo no te he provocado, has sido tú el que ha venido a mí —le recordó Ellie apartándose el pelo mojado de la cara.

—Porque tú no paras de tentarme —contestó Ruben encogiéndose de hombros.

—¿Así que la culpa es mía?

—Por supuesto.

Ellie no pudo evitar reírse.

–¿Te parece divertido? –le preguntó Ruben.

Ellie asintió.

–Eres lo mejor que hay en el mundo para el ego femenino.

–Me alegro de oír esas palabras. Ya sabes que tus deseos son órdenes para mí –contestó Ruben inclinando la cabeza.

Ellie volvió a asentir. Ruben había vuelto a ser el hombre encantador y guasón de antes, un hombre que le encantaba, pero sospechaba que, bajo aquella fachada agradable y siempre de buen humor, se escondía un muro impenetrable que también le fascinaba.

Maldición.

Capítulo Siete

–Ponte esto mientras te lavan y te planchan la ropa.

–Jamás conté con darme un baño de barro. Creía que con unos vaqueros sería suficiente –contestó Ellie avergonzada, mientras aceptaba los vaqueros y la camiseta que Ruben le ofrecía y se metía en su habitación a cambiarse.

En cuanto se puso su ropa, se sintió completamente suya. Era algo patéticamente primario y absurdo, pero seductor a la vez. Cuando bajó a la cocina, Ruben la estaba esperando con dos enormes tazas de café, lo que resultó perfecto porque a Ellie ya se le estaban pasando por la mente peligrosos pensamientos sensuales.

–¿Qué haces cuando estás aquí solo y hace mal tiempo? –le preguntó para romper el hielo.

–Leer.

–A ver si lo adivino. ¿Historias de misterio? ¿Novelas de miedo?

–No –contestó Ruben avanzando por el pasillo hacia el salón y señalando una gran estantería llena de libros–. Me gusta leer sobre arquitectura, diseño, paisajismo…

–Oh –contestó Ellie admirando los impresionantes libros–. Tienes un montón –añadió alargando el brazo hacia un par de ellos y sentándose en el suelo para ojearlos.

Ruben se sentó también frente a ella, se apoyó en un par de cojines y comenzó a ojear otro libro. Conversaron, compararon, reflexionaron y pasaron casi dos horas y Ellie se dio cuenta de que, a pesar de que flirteaba con ella, Ruben estaba completamente embebido en su trabajo.

–¿Qué haces cuando no estás trabajando? ¿Qué haces para divertirte? –le preguntó al cabo de un rato.

–A mí me divierte trabajar –contestó Ruben sonriendo–. Me encanta lo que hago. Supongo que me preguntabas qué hago para divertirme refiriéndote a si salgo por ahí y a dónde voy y esas cosas, ¿verdad? –le preguntó Ruben elevando la mirada–. No, no salgo, no voy a fiestas, no me gusta acostarme tarde… vivo en mis hoteles, en todos tengo una habitación y… alterno con los huéspedes, pero no como tú te crees –puntualizó al ver la cara de Ellie–. Tú fuiste una excepción y lo sabes.

Ellie se encogió de hombros tímidamente.

–Creo que deberíamos intentar ser amigos –comentó.

Ruben la miró estupefacto.

–Lo digo en serio –insistió Ellie–. Tenemos muchas cosas en común y lo pasamos muy bien juntos. A los dos nos gusta mucho nuestro trabajo y nos llevamos bien.

–¿Y?

—Y podemos ser civilizados, ¿no? –propuso Ellie.

—No hay nada de civilizado en las cosas que quiero hacer contigo.

Ellie cerró los ojos un segundo y esperó a que la sangre dejara de agolpársele en las mejillas.

—Pero, si tenemos una aventura, ¿qué crees que pasaría al final?

Ruben no contestó.

—¿Qué pasa normalmente? –insistió Ellie.

Ruben comenzó a sonreír.

—¿Mantienes contacto con alguna de ellas? –quiso saber Ellie.

Ruben se encogió de hombros.

—Si nos cruzamos, nos sonreímos y nos decimos hola con la mano y todo va muy bien.

—Porque son demasiado orgullosas como para demostrar que las has hecho sufrir – le aclaró Ellie.

—Cariño, mis relaciones son tan cortas que a nadie le da tiempo de sufrir.

Ellie se rio, pero aquellas palabras no hicieron sino reafirmarla en su decisión. No quería unas cuantas noches de placer. Prefería compañía y risas a largo plazo.

—¿Y tú? –le preguntó Ruben–. ¿Mantienes contacto con tus ex?

Como si los hubiera.

—No tengo tantos como tú –contestó–. Normalmente, cuando tengo una relación, que no suelen durar mucho tampoco, el tipo me deja. Solía intentar hacer todo lo que estuviera en mi mano para agradarlo, para que no me dejara, pero eso ha cambiado, ya no estoy dispuesta a agradar a nadie para que permanezca a mi lado –añadió con resolución–. No, no me veo con ninguno de ellos.

–¿Así que no quieres agradarme? –le preguntó Ruben.

Ellie negó con la cabeza.

–Vaya, qué pena.

–Deberías estar encantado. Quiero mantener contacto contigo –contestó Ellie sinceramente.

–¿Me lo dices porque no lo mantienes con ninguno de tus otros hombres?

–¿Pero cuántos te crees que ha habido? –le preguntó Ellie poniendo los ojos en blanco–. No, no mantengo el contacto con ninguno de los doscientos ochenta y cuatro porque todos eran idiotas.

Ruben se rio.

–Yo no quiero ser otro idiota más de la lista. Me gustas. Me gusta hablar contigo.

–¡Exacto!

Genial, las cosas estaban más fáciles de lo que había pensado.

–Pero sigo queriendo acostarme contigo.

Vaya, no tan fáciles.

–Ya se te pasará.

–¿A ti se te está pasando? –le preguntó Ruben acercándose.

Ellie apartó la mirada.

–Mira… todo el mundo dice que hay que alimentar las pasiones, entregarse a ellas, disfrutar de ellas hasta que las hayas agotado, pero la única manera de extinguir un fuego es no alimentarlo.

–¿Y tú quieres matar el fuego que hay entre nosotros? –le preguntó Ruben visiblemente sorprendido.

–Bueno, es lo mejor, ¿no te parece? Lo digo porque yo no quiero que perdamos el contacto, me gusta estar contigo.

–No sé si sentirme halagado o insultado. ¿Quieres que sea tu amigo? ¿Y qué te parece si fuera tu amigo con derecho a roce?

–Nada de roces. Demasiado lío. No funcionaría –contestó Ellie con decisión.

Ruben se quedó mirándola fijamente.

–¿De verdad prefieres ser mi amiga a volver a acostarte conmigo? –le preguntó con incredulidad.

Ellie tomó aire profundamente.

–Sí.

–No te creo. De hecho, creo que podría hacerte cambiar de parecer en un par de minutos.

–Estoy segura de que así sería, pero entonces me iría de tu vida y todo terminaría. No quiero tener una aventura contigo, pero sí quiero ser tu amiga.

–¿Me estás dando un ultimátum?

–Tómatelo, más bien, como un reto.

–¿Y por qué iba a querer yo aceptar un reto así?

–¿Cuántos amigas tienes?

–Cientos.

–Me refiero a amigas de verdad –insistió Ellie poniéndose seria.

–Las amigas son amigas –contestó Ruben poniéndose serio también–. Tengo muchas.

–Entonces, lo que te propongo te resultará fácil –sonrió Ellie.

Ruben suspiró.

–¿De verdad no quieres que seamos amigos con derecho a roce o, por lo menos, a ciertos privilegios?

–Eso no nos llevaría más que a tener complicaciones. Lo que yo te propongo nos llevará al compañerismo.

–Compañerismo –deletreó Ruben.

–Sé que un tipo como tú, Ruben, no se puede comprometer –declaró Ellie viendo cómo sus palabras lo dejaban de piedra–. Para serte sincera, tampoco quiero eso en este momento de mi vida. Me lo estoy pasando bien, tengo un trabajo maravilloso…

–¿Crees que vamos a poder obviar la atracción física que hay entre nosotros? –le preguntó Ruben.

–Claro que sí. Somos adultos, no somos animales.

–Claro que somos animales –le recordó Ruben–. Somos animales. Y, además, a ti te gusta el sexo animal –bromeó haciéndola enrojecer.

–Ya te olvidarás de eso algún día.

Ruben lo dudaba mucho.

–¿Te da miedo no conseguirlo, Ruben?

Así que era eso, ¿eh? ¿Ellie se creía que no sería capaz?

–¿Qué sacas de todo esto? Seguro que tienes otros amigos, ¿no? Entonces, ¿qué te daría mi amistad que no te da la amistad de otra persona? Porque yo podría darte un sexo espectacular, pero por lo visto no lo quieres.

Ellie volvió a sonrojarse de pies a cabeza y desvió

la mirada. Ruben se acercó un poco más, no para tocarla sino simplemente para ver de cerca su respuesta.

—Contesta o contestaré yo y mi contestación será no y te tendré jadeando en menos de un minuto. Sé sincera. ¿Qué pretendes conseguir de mí?

—Simplemente estar contigo, supongo —contestó Ellie encogiéndose de hombros—. Cuando estoy contigo, puedo ser todo lo brusca que quiera, puedo ser sincera y, además, me siento bien conmigo. Contigo soy completamente yo y nada importa.

Aquellas palabras le hicieron mella a Ruben.

—¿No eres tú con los demás?

—No, no como contigo —admitió Ellie—. Contigo, no siento la necesidad de agradarte, no siento la necesidad de hacer nada en concreto, solo de ser yo.

Ruben se miró en sus ojos azules, intentando leerlos. Se había prometido hacía mucho tiempo que jamás le importaría lo que los demás pensaran de él. Ellie era muy diferente. A ella le importaba demasiado e intentaba agradar a todo el mundo. Ruben la miró intensamente y vio miedo en sus ojos, comprendió que a Ellie le daba miedo que rechazara su propuesta, que le hubiera pedido algo que él no quisiera.

Aquello lo llevó a preguntarse qué era lo que él quería. ¿Quería compartir con ella un par de noches cargadas de sexo o prefería que ocupara un lugar más continuo en su vida? Intentó pensar, pero los ojos de Ellie lo distraían. Tenía unos ojos preciosos, grandes y profundos como el océano. Entonces, se dio cuenta de que el hecho de que Ellie quisiera su amistad lo hacía sentir muy bien.

No quería analizar por qué y, además, tampoco podía porque le pitaban los oídos... qué raro...

–Salvado por la campana –anunció Ellie.

Así que no eran imaginaciones suyas. Estaban llamando al timbre. Ruben la agarró de la mano y caminaron hacia la puerta. No quería que se le escapara y se fuera a su habitación.

–¿Ruben? –preguntó la mujer que había llamado al timbre, una mujer impecablemente vestida y peinada–. Cuánto me alegro de que estés en casa.

–Hola –contestó Ruben rebuscando a toda velocidad en su memoria–. Margot, ¿verdad?

Era una de las matriarcas sociales de Queenstown, una mujer muy agradable que, seguramente, querría algo para una buena causa. Ruben soltó a Ellie y dio un paso al frente para estrechar la mano de la otra mujer.

–Sí –sonrió la recién llegada.

–Margot, te presento a mi amiga Ellie –comentó Ruben con naturalidad, utilizando el apelativo que Ellie quería–. ¿En qué te puedo ayudar?

–Me han dicho que ibas a pasar el fin de semana aquí y me he acercado para recordarte que esta noche hay una gala. Como has donado tanto dinero para el hospicio, he pensado que, a lo mejor, te apetecía venir.

Ruben donaba dinero a todos los hospicios que había cerca de sus hoteles porque le interesaba especialmente que los enfermos terminales de cáncer estuvieran bien atendidos. Su madre y él se habían ocupado de su padre en casa, solos. De haber habido un hospicio cerca, habría sido más fácil.

–Se supone que las donaciones que hago son anónimas –le recordó, porque no quería méritos por ello.

–Sí, por supuesto –le aseguró Margot–. Yo lo sé, porque soy la tesorera. En cualquier caso, me pareció que, a lo mejor, querías ver lo que se ha hecho con tu dinero. La cena va a ser maravillosa y el conferenciante, también.

Ruben carraspeó.

–Bueno, la verdad es que estamos muy cansados porque hemos salido esta mañana a pasear y nos ha caído una buena tormenta encima –le explicó.

–Sí, hay tanta niebla que han cerrado el aeropuerto –contestó Margot–. ¿Por qué no vienes solo a la cena? Te puedes retirar pronto. La cena empieza a las siete y sería maravilloso poder contar contigo.

Ruben dudó y miro a Ellie, que lo estaba observando atentamente. Le pareció ver que lo miraba con compasión, pero no estaba seguro. Ellie sabía perfectamente que a él no le apetecía salir de casa aquella noche, que lo que quería era quedarse con ella a solas.

Por otra parte, Ellie quería que fueran amigos y, aunque ir a la cena de beneficencia no era lo que más le apetecía en el mundo, comprendía que podía ser una buena manera de no abalanzarse sobre ella si se quedaban solos en casa.

–Está bien –accedió encantador–. A Ellie y a mí

nos encantaría ir. Gracias por haber venido a invitarnos.

Ellie se quedó mirándolo estupefacta y la pobre Margot se sonrojó y todo, pero consiguió trasmutar su expresión como buena anfitriona que era.

–Oh, muy bien –contestó sobreponiéndose–. Será estupendo que vengáis los dos. Así nos podremos conocer mejor, Ellie.

Ellie sonrió y no dijo nada hasta que la tesorera del hospicio se hubo metido en su coche y se hubo alejado.

–Parece una mujer encantadora. Lo pasarás muy bien esta noche –le dijo a Ruben mientras entraban en la casa de nuevo.

–Tú también vas a venir –contestó él cerrando la puerta.

–No, no voy a ir contigo –contestó Ellie sonriendo con dulzura y negando con la cabeza mientras se dirigía a la cocina para beber agua–. No quiero fastidiarte la oportunidad de que te hagas amigos de tus vecinos.

–¿No quieres venir porque no tienes ropa adecuada que ponerte? Te lo digo porque hay muchas tiendas bonitas en la ciudad y tenemos tiempo de sobra para ir de compras.

–Por favor –se indignó Ellie–. Por supuesto que tengo ropa adecuada.

–Pero si solo te has traído una bolsa de viaje –le recordó Ruben apoyándose en la encimera de la cocina y mirándola–. Además, me acabas de decir que no te habías traído más que unos vaqueros.

–Sí, pero siempre llevo un vestido que no necesita planchado y que es muy útil en estos casos.

–¿Y zapatos?

–Me he traído unas sandalias de tiras muy bonitas y tengo maquillaje y unos pendientes también. Nunca sé cuándo me van a invitar a un acto importante –improvisó Ellie que, por supuesto, jamás acudía a aquellos eventos porque nunca la invitaban.

–Impresionante –comentó Ruben–. Entonces, no hay motivo para que no quieras venir –añadió con picardía.

Ellie se dio cuenta demasiado tarde de que ella solita se había metido en la trampa. Desde luego, Ruben era rápido.

–No pienso ir como si fuera tu cita.

–No tienes más remedio. Ya le hemos dicho a Margot que íbamos a ir los dos y no podemos quedar mal ahora.

–Mira, Margot quiere que vayas tú, pero le importa un pimiento que vaya yo –suspiró Ellie–. Por otro lado, me quedaré en casa sola tan contenta porque estoy muy cansada.

–Sabes que yo estoy tan cansado como tú y, aun así, me echas a los lobos –dijo en tono lastimero.

–No seas exagerado –contestó Ellie–. Te recibirán con los brazos abiertos.

–Esa cena es un lugar peligroso –bromeó Ruben acercándose lentamente–. No tienes ni idea de adónde me estás mandando.

–¿Lo dices porque, a lo mejor, todas las mujeres se te lanzan al cuello?

Ruben asintió muy serio.

—Me da mucho miedo. Necesito que vengas para protegerme.

—Como si tú necesitaras que alguien te protegiera. Es, más bien, al revés y lo sabes. Bastará con que muevas las cejas para que todas las camareras caigan rendidas a tus pies.

—Solo las moveré si llevan bandejas con rica comida —aseguró Ruben en tono cómico—. Ninguna de esas mujeres tienen nada que temer de mí. Ven conmigo, por favor. Hazlo por mí, eres mi amiga —insistió.

Ellie lo miró con los ojos entrecerrados.

—Ojalá eso sea posible. Ya veremos.

—Los amigos se apoyan, ¿no? Ahora tienes una buena oportunidad para demostrarme que eres mi amiga. Yo soy muy tímido —comentó Ruben bajando el tono de voz—. Me gusta estar solo y, a veces, no se me da bien estar con la gente y conversar.

—¿Tímido tú? —se rio Ellie—. Pero si saliste desnudo al pasillo la mañana que nos conocimos. Tú de tímido no tienes nada. Tú eres muy atrevido.

—Esa fue una ocasión especial —le aseguró Ruben con ojos de cachorrillo desvalido.

—No, no fue especial. A ti no te importa lo que la gente piense de ti.

—Eso es cierto —admitió Ruben.

Ellie asintió.

—Además, se te da muy bien conversar. A tu lado Margot, la reina de las reuniones sociales, quedará reducida a chuchería.

—Se me da bien conversar, pero eso no quiere

decir que me guste. Tengo buenos directores en todos los hoteles para no tener que mezclarme con los clientes más de lo estrictamente necesario. A mí, me gusta más deambular por ahí solo…

—Como si fueras el jardinero.

—Exacto —se rio Ruben—. Anda, por favor, ven conmigo.

Ellie se mordió el labio inferior. La verdad era que le apetecía mucho ver cómo se comportaba Ruben en un evento público y también le apetecía, para qué negarlo, que la vieran con él. Darse aquel capricho, entregarse a aquella fantasía se le antojaba mucho más seguro que pasar la noche a solas en casa con él.

—Está bien, iré contigo —accedió.

—Todavía tenemos un par de horas antes de… —comenzó Ruben.

—Sí, me voy a tumbar un rato en la cama —contestó Ellie alejándose rápidamente—. Sola.

Dos horas después, se le había hecho tarde porque se había pasado un buen rato jugueteando con todos los lujosos productos de baño mientras inventaba recorridos para los visitantes. Envuelta en un albornoz, corrió hacia la cocina para picar algo. Estaba mordisqueando una galleta salada mientras volvía a su habitación cuando se encontró con Ruben en el pasillo.

Se paró en seco y, sin darse cuenta de lo que hacía, cerró el puño sobre la galleta, desmigándola por completo sobre la alfombra. ¿Cómo iba a ser amiga de un hombre así, que estaba tan guapo vestido de esmoquin?

Ruben sonrió como si le hubiera leído el pensamiento.

−¿Te gusta?

Oh, sí, le gustaba mucho. A Ellie le costó un gran esfuerzo cerrar la boca y recoger la baba.

−No estás jugando limpio.

−Es solo para que el reto sea realmente divertido para ti, para que tengas muy claro lo que estás dejando escapar −contestó Ruben−. Ya te equivocaste una vez… ¿no podrías equivocarte otra? −insinuó.

−¿En qué me equivoqué?

−Decías que el sexo de fantasía que tuvimos no se podría repetir, pero el beso de la bañera de hidromasaje ha sido mucho mejor que cualquier fantasía. Imagínate cómo podría ser pasar una noche entera juntos.

−Así que no vas a tener ningún problema en que seamos amigos decías, ¿no?

Ruben se encogió de hombros.

−Por supuesto que no, puedo ser amigo tuyo perfectamente, pero, si cambias de opinión, no tienes más que decírmelo.

Ellie se limitó a sonreír y volvió a la habitación para ponérselo difícil también. Veinte minutos después, salió y se dirigió al salón a esperar su reacción.

Ruben se quedó mirándola fijamente de pies a cabeza una y otra vez.

−¿De verdad que tenías ese vestido metido en tu minúscula bolsa de viaje?

—Es un vestido minúsculo —contestó Ellie dando una vuelta sobre sí misma.

Sí, era cierto, se trataba de un vestido minúsculo y Ruben quería arrancárselo inmediatamente. Era negro y liso y la tela le marcaba los pechos y las caderas. Tenía las piernas bronceadas y los pies adornados por unas sencillas sandalias negras de tacón alto.

—Será mejor que nos vayamos —consiguió decir Ruben.

Debía de haber unas doscientas personas. El lugar brillaba a causa de los diamantes que colgaban de las orejas, los cuellos, las muñecas y los dedos de los presentes. Ruben se fijó en el escote de Ellie y se dijo que le quedarían bien unos diamantes a ella también o, tal vez, unos zafiros, para que hicieran juego con sus ojos.

Ellie se estaba riendo por la manera en la que Ruben acababa de atraer a una camarera para comerse casi todos los canapés que llevaba en la bandeja, pues tenía un hambre de lobo.

—Te importa muy poco lo que toda esta gente piense de ti, ¿verdad?

—¿Por qué me iba a importar? En realidad, no me importa lo que nadie piense de mí.

—¿Y eso no influye en tu negocio?

—Mi negocio habla por sí mismo. Cada hotel o alojamiento tiene palabras propias. Yo los creo y, luego, desaparezco. El negocio no soy yo, no se trata de mí. La gente no va a un hotel de lujo para codearse con el dueño sino por el lugar en sí —le explicó.

La observó mientras aguantaba que otra persona le contara durante veinte minutos sus hazañas en el esquí. Parecía realmente interesada en lo que los demás tenían que contar. Así lo demostraban las preguntas inteligentes que hacía. Se le daba muy bien escuchar y atender a los demás, cuidar de ellos, hacerlos sentir bien.

Estuvo observando su forma de comportarse durante toda la cena. Disfrutó de su entusiasmo, al igual que hicieron los demás comensales. Comprendió el desgaste que suponía para ella tener que mostrarse siempre vivaracha y entendió el alivio y el descanso que suponía poder estar en compañía de alguien con quien de verdad podía ser ella misma. Con él, podía hablar como quisiera, podía mostrarse como realmente era, podía decir que estaba cansada y podía enfadarse, podía mostrarse egoísta y tomar lo que quería. Lo cierto era que Ruben se moría por que Ellie tomara de nuevo lo que quisiera de él. Su cuerpo lo estaba deseando.

La orquesta comenzó a tocar y, aunque bailar con Ellie se le antojaba algo muy arriesgado, también le parecía irresistible.

—Los amigos se besan, ¿verdad? —le preguntó mientras se movían lentamente por la pista de baile.

—Mira que eres malo —contestó Ellie mirándolo divertida.

—Estamos en un sitio público, así que no creo que se nos pueda ir de las manos. Anda, por favor, solo un besito.

—¿Un beso de amigos?

—Dado lo que ha habido entre nosotros, yo diría que un beso de amigos íntimos.

Dicho aquello, le robó un beso y sintió que el fuego avivaba su necesidad de tenerla. Se apretó contra ella y saboreó sus labios. Oh, qué maravilla. Sentía la sangre caliente y rápida por todo el cuerpo. Pero Ellie se apartó.

—Casi se nos va de las manos —comentó desviando la mirada.

Ruben asintió, pero no la soltó. Gracias a Dios, la pista de baile estaba llena de gente.

Ellie no podía más. Estaba segura de que no podría soportar otro beso amistoso, así que insistió en que volvieran a la barra, donde observó que Ruben atraía a los demás como si se tratara del flautista de Hamelín. Hablaba de deporte, política, ganadería y arquitectura con los hombres y de sus hoteles, restaurantes y eventos locales con las mujeres. Era un hombre de lo más sociable y también buen conversador, de esos que los anfitriones de una fiesta siempre quieren tener cerca.

Ellie se dio cuenta de que Ruben jamás hablaba de sí mismo, de que todos los temas que elegía eran generales. Ella hablaba de la otra persona mientras que él hablaba de temas en general. Ninguno de los dos quería entrar en lo personal, así que no hablaban de sí mismos. A medida que fue avanzando la velada, Ellie se fue dando cuenta de que otras mujeres lo miraban de manera inequívoca, lo que la hizo sentir envidia.

Se quedó dormida en el trayecto de vuelta a

casa. Ruben paró el motor frente a la puerta principal, se bajó y abrió la puerta del copiloto, tomó a Ellie en brazos y se dirigió al sofá del salón. No quería que la velada terminara, no quería que cada uno se fuera a su habitación.

Ahora, ya no se le antojaba tan fácil aquello de ser amigos. Era una locura. Ellie se estiró y lo miró y Ruben sintió que el corazón le daba un vuelco. Normalmente, cuando toda la sangre de su cuerpo se le agolpaba en la braguata, sabía que algo muy satisfactorio le esperaba, pero aquella noche temía que no fuera a ser así.

–No pienso irme a la cama sin ti –anunció.

–No te vas a acostar conmigo –le advirtió Ellie en tono somnoliento.

Ruben asintió. Sabía que le bastaría un beso para hacerla cambiar de opinión. Y, por cómo lo estaba mirando, era evidente que Ellie también lo sabía, pero no quería perderla, no quería que saliera de su vida.

–Entonces, no me voy a la cama –comentó sentándose en el sofá con Ellie todavía en brazos.

–Ha sido una velada maravillosa –contestó ella apoyando la cabeza en su hombro.

Se moría por besarla, así que se inclinó sobre ella y le rozó los labios. Ellie se dejó hacer, estaba casi dormida. Ruben siguió besándola, disfrutando de encadenar un beso con otro.

–Ruben –suspiró Ellie–. Bésame donde tú quieras –murmuró.

Ruben sintió que la entrepierna se le endurecía

todavía más y le acarició la cara interior del muslo porque quería verla estremecerse de placer. Sí, llevaba demasiado tiempo soñando con hacerlo y lo iba a hacer. Lentamente, se acercó al calor que irradiaba su vulva. Ellie se agarró a él. Ruben la rozó un par de veces más y Ellie se entregó sin reservas. En aquel momento, era completamente suya. Se quedó mirándola y la besó para tragarse sus suspiros, su energía. Sabía que la deseaba, pero no era solo eso. Sabía que era algo más profundo, algo que jamás podría tener, así que se apartó.

No quería iniciar una relación con Ellie porque no quería querer a nadie y, además, tampoco quería que lo suyo terminara mal, no quería defraudarla, no quería que sufriera porque no se lo merecía, así que la única manera de no hacerlo era cumplir con lo que Ellie le había pedido.

Capítulo Ocho

Ellie se despertó hecha un ocho y con Ruben debajo de ella en el sofá, todavía ataviado con el esmoquin.

Se quedó mirándolo. Era como un delicioso bizcocho que no se podía comer, que se miraba, pero no se tocaba. Se moría por tenerlo de nuevo. ¿A quién quería engañar con eso de ser amigos?

–Ruben…

Ruben abrió los ojos y Ellie aprovechó para apretarse contra su erección.

–No lo has conseguido –bromeó.

Ruben negó con la cabeza.

–¿Te tengo que recordar lo que pasó anoche antes de que te quedaras dormida? Me pediste que te besara donde quisiera y yo me comporté como un caballero.

–¿Por eso me metiste la mano en las braguitas?

–Bueno, teniendo en cuenta que lo que te hubiera gustado habría que te lo hiciera con la boca…

Ellie sintió que se excitaba de pies a cabeza. Definitivamente, lo de ser amigos había que olvidarlo.

–Será mejor que nos pongamos en marcha –anunció Ruben cambiando de postura de manera que el contacto entre ellos ya no era tan íntimo.

Ellie se apartó también al darse cuenta de que Ruben no quería nada con ella. Estaba manteniendo las distancias, tal y como ella le había pedido.

Fueron en el coche de Ruben al aeropuerto. No había tanta niebla como el día anterior, pero llovía y el cielo estaba gris. Ellie suspiró.

—No será para tanto —comentó Ruben agarrando el volante con fuerza.

—No, claro que no —contestó Ellie—. La semana que viene estaré fuera cuatro días, de viaje.

—Yo estaré en Taupo para el fin de semana —apuntó Ruben.

—Muy bien, la distancia se hará cargo del deseo —comentó Ellie intentando ocultar el dolor que le producía separarse de él—. No hace falta que me acompañes. Déjame en la puerta y ya está.

—Está bien —contestó Ruben parando el coche—. Estamos en contacto.

Ellie se preguntó si sería cierto. Ahora que tenía la información que necesitaba para hacer su trabajo, no había necesidad de que Ruben se pusiera en contacto con ella directamente. Podría negociar con Bridie y no estar si Ellie tenía que volver por allí. Qué tonta había sido. Tendría que haberse pasado el fin de semana entero acostándose con él porque estaba segura de que, en cuanto pusiera un pie fuera del coche, no lo volvería a ver.

—Quiero ser tu amigo —le aseguró Ruben como si le estuviera leyendo el pensamiento, acercándose y apartándole un mechón de pelo de la cara–. La verdad es que me gustas. Me lo he pasado muy bien.

–Yo, también.

Se bajó del coche y se alejó sin mirar atrás. Una vez a solas en la terminal, el teléfono móvil le anunció que había recibido un mensaje. ¡Era de Ruben!

¿Sería pasarme de la raya, ahora que somos amigos, decirte que ya te echo de menos? No puedo dejar de pensar en ti.

Ellie sonrió y contestó.

Claro que me lo puedes decir. Los amigos se echan de menos.

Ruben continuó:

Sí, pero no sabes lo que estoy pensando en hacer contigo. Me gustaría pasarme de la raya.

Ellie sonrió encantada.

Voy a apagar el móvil. Vamos a despegar.

Consiguió no volverlo a encender al aterrizar, aguantó hasta estar en casa, en pijama y viendo una película. Entonces estuvieron una hora hablando por teléfono.

***

109

Una semana y media después, Ruben se tumbó en la cama y acarició el nombre de Ellie en su teléfono móvil. La había llamado casi todas las noches. No lo había hecho adrede, le salía de manera natural.

–Voy a estar en Wellington el lunes. ¿Comemos juntos? –le propuso en cuanto Ellie descolgó el teléfono.

–Vaya, no voy a poder, lo siento. No estaré aquí –contestó Ellie.

Ruben dio un respingo.

–¿Adónde te vas? –quiso saber.

–Tengo dos salidas seguidas.

–Maldita sea, Ellie –se enfadó Ruben apartando las sábanas y poniéndose en pie–. ¿Por qué? Vas a terminar agotada.

–No pasa nada, tranquilo. No es para tanto. Te llamaré.

Sí, pero no era suficiente. No podía dejar de pensar en ella. Necesitaba contarle lo que había hecho durante el día porque sabía que ella lo escuchaba con verdadera atención, necesitaba que Ellie le contara cómo le había ido en el trabajo y con sus amigas, le gustaba que le diera ideas sobre los proyectos que tenía entre manos. Jamás le había contado a nadie nada de su trabajo ni había pedido consejo a la hora de tomar decisiones, pero con Ellie lo estaba haciendo y le gustaba.

–¿Qué tal la última adquisición? –le preguntó Ellie.

–Muy bien –contestó Ruben sinceramente–. No

tiene nada que ver con ninguna de las otras, es única y fantástica. Estoy seguro de que te encantará.

Ellie se quedó en silencio.

—Seguro que le gusta a todo el mundo. Tienes un don especial a la hora de elegir la ubicación de tus hoteles.

Ruben quería que le gustara a todo el mundo, por supuesto, pero sobre todo a ella. Quería que Ellie viajara hasta allí con él, quería estar con ella.

—¿Y tú qué tal? ¿No estarás trabajando demasiado?

—Estoy trabajando mucho, pero me viene bien estar ocupada. Además, no quiero rechazar nada de lo que me ofrezca Bridie —contestó Ellie.

—No dejes que se aproveche de ti, no dejes que nadie se aproveche de ti, solo yo —se despidió Ruben en tono informal.

Ellie se rio.

Ocho días después, Ellie estaba durmiendo cuando la despertó el teléfono.

—¿Te pasa algo? Son las tres de la madrugada —se sobresaltó al ver que era Ruben.

—Estaba pensando en ti.

—¿Estás borracho?

—No, es que no podía dormir...

—¿Y no se te ocurre nada mejor que llamarme a estas horas? Tómate una taza de leche caliente —le propuso Ellie.

—Aquí hace mucho calor para eso.

–Pues pon el aire acondicionado.

–Hace mucho ruido –contestó Ruben–. ¿Has practicado alguna vez sexo telefónico?

¡Ellie terminó de despertarse!

–¿Seguro que no has bebido?

–Contesta –la urgió Ruben en tono seductor.

–No, creo que me entraría la risa –admitió Ellie.

–¿Y qué te parece si lo hiciéramos por Skype? Así, también podríamos vernos. Como te gustan tanto las películas...

Desde luego, sabía cómo excitarla, pero no podía ser...

–Se supone que somos amigos, ¿no? –le recordó–. Y los amigos no practican sexo, ¿no?

–Ah, vaya, se me había olvidado.

–Ya veo.

–Prometo seguir intentándolo.

–Sí, vas a tener que seguir intentándolo... sé que esto es duro... que te lo estoy poniendo duro...

–No te puedes ni imaginar cuánto...

–Ruben –suspiró Ellie, que lo deseaba tanto como él a ella por mucho tiempo que hubiera pasado.

–¿Qué pasaría si volviera a meter la pata?

–No sé, supongo que se me ocurriría alguna manera de castigarte –contestó Ellie.

Se estaba excitando con la conversación.

–¿Cómo me castigarías? –quiso saber Ruben.

–Tal vez, obligándote a salir de la habitación –aventuró Ellie siguiendo con las palabras con doble sentido.

—¿Me obligarías a salir? ¿Y si no quisiera?

—¿Preferirías quedarte dentro? —le preguntó Ellie apretando los muslos.

—Sí, preferiría quedarme dentro —contestó Ruben—. Lo que quiero es estar dentro de ti y moverme con fuerza... —añadió ya sin rodeos— mientras te hago una cosa que te gusta mucho...

Ellie se mordió el labio inferior. La curiosidad podía más que la prudencia.

—¿Qué me harías?

—Me encantaría penetrarte una y otra vez mientras te masturbo.

Ellie ahogó una exclamación.

—Te gusta, ¿verdad? Sí, claro que te gusta. Es lo que más te gusta. Te corres en cuanto te toco.

Ellie no podía negarlo.

—¿Te gustaría que te estuviera tocando ahora?

Ellie cerró los ojos.

—Sé cómo te pones... —continuó Ruben—. Seguro que te estás tocando. ¿Tienes la mano entre las piernas como si fuera la mía?

Ellie agarró el teléfono con fuerza. Con una mano porque la otra estaba, efectivamente, donde Ruben decía.

—Sé lo que estás haciendo —insistió él.

—¿Ah, sí? —jadeó Ellie.

—Estás pensando en mí, te estás excitando imaginando que soy yo el que te está tocando, te estás tocando como querrías que yo te tocara, no puedes evitarlo.

—¿Y tú qué estás haciendo? —le preguntó Ellie.

—Escucharte e imaginarte —contestó Ruben—. También me gustaría que te sentaras encima de mí y me cabalgaras porque lo haces muy bien...

Ellie se estremeció. Estaba muy cerca del orgasmo. ¿Cómo era posible que estuvieran practicando sexo telefónico?

—Ruben, te tengo que dejar —suspiró.

—Sueña conmigo —se despidió Ruben.

Llevaba semanas haciéndolo.

Hacía más de tres semanas que no la había visto y creía tenerlo todo bajo control, pero se había equivocado.

—Hola —la saludó al llegar junto a la mesa.

Habían quedado para comer, pero aquello era una locura. Tenía el pulso disparado. Ellie le sonrió de manera encantadora. Ruben no se sentó sino que le tendió la mano, invitándola a ponerse en pie.

—Tengo una sorpresa para ti.

—¿De qué se trata? —quiso saber Ellie desplegando cierta prudencia.

—Te quedaste sin ver una parte muy importante de la finca.

—¿La finca? —se sorprendió Ellie mientras Ruben la sacaba de la cafetería y la metía en su coche descapotable—. No vamos a ir a la finca.

—El avión despega en media hora, así que tenemos el tiempo justo.

—Ruben, habíamos quedado solo para comer. No puedo dejar el trabajo...

–Ya he hablado con Bridie y está todo soluciona-
do. Va a hacer ella la visita de esta tarde.

–¿Cómo?

–Llevas demasiados días seguidos trabajando.
Necesitas descansar.

Ellie se quedó mirándolo anonadada.

Había menos de una hora de vuelo entre Wellington y Queenstown y Ruben se la pasó mandando mensajes desde el teléfono móvil, así que Ellie se
dedicó a leerse de cabo a rabo una revista. Al aterrizar, no había ningún coche esperándolos, cambia-
ron el avión por un helicóptero.

–Ruben, no me he traído ropa de sobra –le advirtió.

Él la miró con picardía.

–Bonita, no la vas a necesitar.

¿Qué estaba ocurriendo? No había duda de las
intenciones de Ruben. ¿A dónde demonios la estaba llevando? Lo peor era que a Ellie tampoco le importaba demasiado, pues estaba demasiado excitada por volver a estar con él y darse cuenta de que la
atracción que Ruben sentía por ella seguía siendo
igual de fuerte.

Ruben se puso a los mandos del aparato y lo
hizo elevarse. Siguió el río hasta la finca y, una vez
allí, la llevó hasta un lago escondido, un lago que
parecía de leyenda. Hizo descender el helicóptero
cerca y la invitó a seguirlo.

–Vamos.

Ellie comprendió que Ruben había estado allí
muchas veces y no era para menos, pues el lugar era

increíble. Se trataba de un entorno mágico, parecía sacado de una película, pero era real.

—Qué bonito —comentó Ellie.

—El agua está helada, así que no te vayas a meter, que no quiero tener que tirarme a por ti.

Ellie se rio. Lo cierto era que le hubiera encantado meterse en aquella agua helada para ver si, así, el calor que sentía por todo el cuerpo se calmaba.

—No hemos hablado de aquello —comentó Ruben tirando una piedra al agua.

—¿De qué?

—De la llamada telefónica.

Ellie se sonrojó.

—Sabes perfectamente que quieres volver a acostarte conmigo —anunció Ruben tomándola del mentón y obligándola a mirarlo—. Así que tienes que elegir entre pasar aquí la noche o volver a la finca en helicóptero. Te advierto que en la cabaña solo hay una cama y no es muy grande.

Ellie sintió que la cabeza le daba vueltas, así que elevó la mirada al cielo.

—Creo que va a haber tormenta, así que será más seguro quedarnos aquí.

—Nada de tormentas, Ellie, nada de excusas. Quiero sinceridad —le advirtió Ruben acercándose—. ¿Quieres pasar otra noche conmigo o no?

Ellie sintió que era presa de la más grande excitación.

—¿Qué tipo de pregunta es esa?

—Contesta.

Ellie lo miró fijamente.

–Está bien, vamos a la cabaña.

–¿Estás segura?

–Sí –contestó Ellie, que sabía perfectamente lo que estaba haciendo.

Estaba harta de luchar contra sus propias necesidades. Ruben sacó lo que necesitaban del helicóptero y volvió a su lado mirándola a los ojos, sintiendo que el corazón le latía aceleradamente.

–Prométeme que solo será esta noche y ya está. Nada más. Cuando volvamos al mundo civilizado, volveremos a ser quienes somos, volveremos a ser solo amigos. Es la única condición que te pongo para que la fantasía se pueda hacer realidad.

–¿Por qué te empeñas en querer controlarlo todo?

–Yo no me empeño en…

–No podemos darle la espalda a lo que hay entre nosotros. Ser amigos, que es lo que tú has propuesto, no está funcionando.

–Una noche.

–La noche entera –negoció Ruben–. No solo una vez y nos vamos a dormir. Quiero, literalmente, la noche entera –añadió, temiendo que ni siquiera eso fuera suficiente.

–¿La noche entera? –repitió Ellie mojándose los labios con la lengua.

Dios mío, aquello iba a ser impresionante. Ruben se acercó y se dio cuenta de que a Ellie se le había acelerado la respiración y estaba temblando. Sí, definitivamente, ella también estaba excitada ante la noche que tenían por delante. Era la única manera que tenían de agotar lo que había entre ellos. Tras una noche de pasión, podrían irse tranquilos.

Ellie se dio cuenta de que estaba a punto de tener un orgasmo y no habían hecho nada, solo hablar de que iban a pasarse la noche practicando sexo.

Ruben la llevó hasta la cabaña, que resultó ser un lugar pequeño y coqueto.

–¿Vienes aquí a menudo acompañado? –le preguntó Ellie.

–No, te aseguro que no –contestó Ruben sonriendo–. Voy a encender la chimenea.

Ellie pensó que a ella no le hacía falta más calor, ya tenía suficiente en su interior. Se quitó las botas mientras Ruben encendía el fuego.

–Esta cabaña la diseñé yo –contestó Ruben carraspeando–. Y la construí con mis propias manos. Nunca he traído a nadie aquí. Me gusta estar solo, disfrutar de las vistas. Aquí hay paz.

–¿Y mi presencia aquí no rompe esa paz?

–Tú eres parte de la fantasía –sonrió Ruben–. Ven a ver atardecer –la invitó tendiéndole la mano para subir al segundo piso.

Allí había una cama sencilla, no muy grande, era cierto. A diferencia de la planta baja, que era toda de cristal, allí solo había una ventana. Lo que se veía a través de ella parecía un cuadro.

–Debe de ser increíble estar aquí cuando llueve –comentó Ellie.

–Sí –contestó Ruben sacando algunas sábanas del armario y comenzando a hacer la cama.

Ellie no sabía si sentirse insultada por que todavía no se hubiera abalanzado sobre ella o halagada de que se estuviera preocupando de su bienestar y su comodidad.

—Ya te dije que no era una cama muy grande —comentó Ruben.

Ellie se quedó mirándolo mientras hacía la cama. Le sudaban las palmas de las manos.

—¿Te ayudo? —se ofreció cuando ya no pudo más. La impaciencia la estaba matando.

—Almohadones —pidió Ruben.

Ellie se giró y vio que en el armario había diez o doce.

—Vaya, te gustan las almohadas, ¿eh? ¿Duermes abrazado a una? —bromeó.

Ruben sonrió.

—Dentro de un rato, te enseñaré un par de cosas para las que resulta muy útil tener un par de almohadas a mano —le prometió en un tono de voz que no dejaba lugar a dudas—. Pero antes vamos a comer algo.

¿Comer? ¡Debía de estar de broma! ¿Era una manera de torturarla?

—No tengo hambre —declaró Ellie.

Quería acción, quería librarse del deseo que la perseguía desde hacía tanto tiempo, quería quemar el recuerdo de aquella noche, así que comenzó a desabrocharse la blusa. Ruben se quedó mirándola un momento, pero luego, para alivio de Ellie, se acercó. Ellie sonrió creyendo que iba a unirse a la fiesta, pero Ruben se limitó a alargar el brazo para agarrar una linterna que había en la mesilla. Ellie se quedó mirándolo estupefacta.

—Por favor, no pares —le pidió él—. La última vez, no pude verte desnuda.

Oh, no, no podía hacerlo.

Ruben sonrió y, entonces, Ellie vio que estaba sudando y comprendió que estaba tan nervioso y deseoso como ella, lo que le dio valor.

—Solo si tú haces lo mismo —le propuso.

—¿Quieres que me desnude para ti? —le preguntó Ruben visiblemente excitado.

—Sí —afirmó Ellie con rotundidad mientras dejaba que la blusa cayera al suelo—. No pienso seguir hasta que tú no hayas empezado.

En un abrir y cerrar de ojos, Ruben se había quitado la camiseta, la había tirado al suelo y se había desabrochado los vaqueros. Menos mal que no se había quitado también los calzoncillos. A Ellie le encantó poder fijarse en cómo le marcaban sus atributos.

—Es todo para ti —murmuró Ruben siguiendo su mirada—. Mira, mira cómo me pones.

Ellie lo estaba viendo claramente y lo quería todo dentro de ella.

—Te toca —la invitó Ruben.

Ellie se quitó los vaqueros y los calcetines, pero se dejó la ropa interior.

—Encaje —murmuró Ruben—. ¿Te gusta la caricia de la tela?

—Sí, pero prefiero las tuyas —contestó Ellie acercándose a él.

Pero Ruben dio un paso atrás.

–No, no –le dijo–. Esta vez no va a ser rápido.

Ellie lo necesitaba ya, necesitaba un orgasmo liberador. Se mojó los labios. Estaba muy excitada y, a juzgar por el tamaño de los calzoncillos de Ruben, él también. Ellie avanzó hacia la cama y, mientras lo hacía, se quitó el sujetador. Una vez sentada, se liberó de las braguitas y se tumbó completamente desnuda sobre el colchón, retándolo.

Ruben, que la estaba mirando atentamente, dejó de sonreír. Ellie se alegró, pero se sorprendió al ver que volvía a hacerlo, que volvía a sonreír.

–¿De verdad no has pensado en hacerte actriz, Ellie? –le preguntó tomándola de la mano y tirando de ella para que se sentara.

–¿Cómo?

¿Por qué no se tumbaba encima de ella de una vez?

–Mira –le indicó Ruben señalando la ventana.

Había anochecido y el cristal, completamente oscurecido, se había convertido en un espejo.

–Nadie nos ve, no hay nadie en varios kilómetros a la redonda –le aseguró Ruben besándola por todo el rostro menos en la boca–, pero nosotros sí nos vemos, tú puedes verlo todo, puedes mirar –le sugirió poniéndose de espaldas a la ventana y arrodillándose ante ella.

Ellie ahogó una exclamación. Se veía absolutamente todo.

–Pantalla tamaño real –bromeó Ruben mientras la besaba por el cuello.

–Ruben… –suspiró Ellie.

–La linterna se va a quedar encendida –le anunció–. Toda la noche. Quiero que esta vez te quede claro que soy yo.

–Lo sé perfectamente –le aseguró Ellie.

–Toda la noche –insistió Ruben comenzando a besarla por el escote, entre los pechos y por la tripa.

Ellie miraba su reflejo en el cristal y la excitación iba en aumento. Sintió que los huesos se le derretían y que se convertía en una muñeca de trapo con la que Ruben podía jugar a su antojo.

–Nunca había visto una película así –jadeó.

–Pues ya iba siendo hora –contestó Ruben acariciándole los pechos.

–Ellie Summers, la estrella porno.

–Ellie Summers, la última tentación –contestó Ruben acariciándole un pezón–. ¿Es la primera vez que ves a un hombre dándole placer a una mujer? –le preguntó elevando la mirada hacia ella.

–Oh, Dios mío…

–Mira lo que te voy a hacer.

–Oh.

Ellie siempre había practicado sexo con la luz apagada y bajo las sábanas, pero la nueva experiencia, sentirse completamente expuesta, le estaba encantando. Aquello de tener a un hombre como Ruben arrodillado ante ella, haciéndole todo tipo de cosas para hacerla disfrutar era increíble.

Ruben deambuló con la boca por su tripa mientras le acariciaba las caderas con las manos y sonrió cuando Ellie se estremeció.

–¿Estás entrando en calor? –le preguntó.

–Quiero más –contestó ella.

–Impaciente.

Ellie siguió mirando, mirando y sintiendo. Ruben estaba completamente entregado, había vuelto a subir a sus pechos y los estaba lamiendo con deleite.

–Sabes que estoy dispuesto a hacerte cualquier cosa que te guste –le recordó.

Ellie no podía más, se llevó las manos a los muslos y presionó para intentar calmar su deseo. Necesitaba sentirlo dentro. Ruben se quedó mirando sus manos, sus dedos, cómo se movían y colocó las suyas encima. A continuación, le separó las piernas un poco más para poder verlo todo.

Ellie gritó su nombre cuando se inclinó sobre ella y le dio un lengüetazo entre las piernas.

–Vuelve a decirlo –le dijo él.

Ellie repitió su nombre y Ruben le regaló otro lengüetazo.

–Otra vez –la instó.

Cuando Ellie así lo hizo, introdujo dos dedos en su cuerpo. Ellie volvió a gritar de placer. Ruben la observaba excitado.

–Grítalo –le pidió apretando los dientes.

–Ruben –gritó Ellie.

Ruben se echó hacia delante, hacia ella, y disfrutó de su orgasmo, que llegó mientras Ruben seguía acariciándola y lamiéndola entre las piernas. Ellie echó la cabeza hacia atrás y lo dejó hacer mientras sentía oleadas y oleadas de sensaciones.

—Te quiero a ti —le rogó cuando su lengua y sus dedos no le parecieron suficiente.

—¿Qué quieres de mí? —le preguntó Ruben deslizando sus dedos por su centro húmedo.

—Lo sabes perfectamente —contestó Ellie.

—Quiero oírtelo decir.

Ellie se apretó contra su mano.

—Quiero que me penetres tan fuerte que mañana no pueda andar —rugió.

—¿Tan fuerte? —insistió Ruben.

—Y más —insistió Ellie, que lo quería todo.

Pero Ruben no se tumbó sobre ella, como esperaba. Se irguió, se quitó los calzoncillos y se puso un preservativo.

—¿Quieres que te ayude? —se ofreció Ellie.

—No, gracias. Si me tocas, me voy —contestó Ruben.

Luego, se colocó a su espalda para que los dos quedaran reflejados en el cristal y pudieran verlo todo, puso a Ellie a cuatro patas y se colocó entre sus rodillas. Ellie sintió su erección.

—Oh —gimió.

—Mira.

Ellie giró la cabeza y volvió a gemir ante la erótica imagen que le devolvió el cristal. Sus miradas se encontraron en el reflejo. Ruben la agarró con fuerza de la cintura y la empujó para que elevara un poco las caderas.

Ellie así lo hizo.

—No te pierdas nada —la urgió Ruben.

Luego, se echó hacia atrás y la colocó sobre él

para, a continuación, comenzar a penetrarla. Ellie no podía apartar la mirada del cristal, le estaba encantando sentir que la empalaba y verlo a la vez, ver cómo su cuerpo recibía y se tragaba la erección de Ruben una y otra vez, una y otra vez.

Ellie gritó de placer cuando Ruben deslizó una mano desde su cintura y entre sus piernas para masturbarla mientras la penetraba. Volvió a gritar cuando Ruben le agarró un pecho con la otra mano y comenzó a apretarle el pezón.

Intentó controlarse, pero fue imposible. Sus miradas volvieron a encontrarse. Se habían convertido en dos seres completamente desinhibidos.

—Ellie —le dijo Ruben dándole la vuelta.

Ellie lo miró mientras se erguía, le separaba las piernas y se tumbaba sobre ella. Lo recibió abriendo bien las piernas y basculando la pelvis hacia delante. Ruben siguió penetrándola una y otra vez, dándole placer, pero para Ellie nada era suficiente, gritaba de placer, pero seguía queriendo más.

—Eres insaciable —rugió Ruben.

—Lo quiero todo, absolutamente todo —declaró Ellie sin ningún tipo de vergüenza.

Así que Ruben echó la cabeza atrás y la penetró con más fuerza que nunca. Aquello no era fantasía, aquello era real, completamente real. Ruben se había descontrolado, como ella, y le estaba encantando verlo así.

El sudor corría entre sus cuerpos, que se deslizaban uno sobre el otro, generando todavía más calor. La velocidad y la potencia de las embestidas era tremenda y Ellie se dio cuenta de que, aunque no quería que terminara nunca, no iba a aguantar mucho más.

Ruben juró en voz alta mientras Ellie gritaba a pleno pulmón. Un rato después, lo único que se oía era la respiración entrecortada de Ruben y los latidos desaforados de su corazón. La estaba aplastando, pero le daba igual.

–¿Puedes respirar? –le preguntó él apartándose.

–Más o menos –contestó Ellie, dándose cuenta de que le dolía la garganta de tanto gritar.

–Espero que no te arrepientas de lo que acabamos de hacer porque ha sido la experiencia más increíble de mi vida –le advirtió Ruben.

Ellie asintió.

–Ha sido mejor que la primera vez –recapacitó Ruben negando con la cabeza–. Ahora lo único que quiero es volverlo a hacer. Muchas veces. Muchas veces más –añadió tumbándose de espaldas y mirando al techo–, pero primero tengo que recuperar fuerzas.

–Solo esta noche –le recordó Ellie.

Capítulo Nueve

Ruben estaba en mejor forma que ella, era evidente, porque se había recuperado mucho más rápido, pero tuvo la delicadeza de dejar que permaneciera tumbada un rato.

—¿Te apetece algo? —le preguntó de repente.

—¿No lo dirás en serio? —se sorprendió Ellie.

Ruben se rio.

—Me refiero a comer algo.

—Ah, eso sí.

Ruben se dirigió a la planta de abajo y volvió con unas barritas de cereales y miel, chocolate y bebidas isotónicas. Ellie sonrió encantada.

—Tómate esto y ya verás. Ya sé que no es comida gourmet, pero da un montón de energía, que es exactamente lo que vas a necesitar para las próximas diez horas.

A Ellie le encantó aquella sugerencia.

—¿No vamos a dormir ni un poquito? —le preguntó.

—Ni un poquito —le aseguró Ruben.

Dos horas después, Ellie se dijo que seguro que Ruben querría dormir un poco, pero, para su sorpresa, y aunque fuera una locura, se dio cuenta de que, a pesar de estar físicamente exhausta, ella no quería dormir.

–¿Podemos apagar la linterna? –propuso.

–No –contestó Ruben.

–¿Y si te prometo repetir tu nombre continuamente para que te quede claro que sé perfectamente con quién estoy?

Ruben chasqueó la lengua como si lo estuviera pensando.

–¿Por qué quieres apagar la luz si sabes que no vamos a dormir en toda la noche?

–Para ver las estrellas –contestó Ellie.

–Está bien –accedió Ruben.

–Lo de decir tu nombre lo decía en serio, ¿eh? –comentó Ellie.

Ruben apagó la luz. La luna no estaba especialmente grande, pero la masa de estrellas que se veía era increíble. Ellie se deslizó hasta el borde de la cama que estaba más cerca de la ventana y se quedó mirando el cielo.

–Ruben, este lugar es impresionante.

–Me alegro de que te guste.

–No me gusta, me encanta. Ruben, estar aquí es como estar en el cielo.

Sí, a él le parecía lo mismo.

–Ruben, ¿sabes dónde está Lepus?

Ruben supuso que se trataba de una constelación.

–No, yo solo sé localizar la Osa Mayor.

–Mira, Ruben, ¿ves esa constelación grande de ahí? Bueno, pues justo debajo hay tres estrellas que forman una liebre. ¿La ves, Ruben?

–Creo que sí –contestó Ruben tumbándose a su

lado y riéndose–. ¿Tu padre te enseñó a localizar las estrellas?

–No, Ruben, a él le gustaba más la montaña y vivía única y exclusivamente para conquistarla. Aprendí yo sola. Solía tumbarme por las noches después de la escalada y era como un premio por haber sobrevivido a otro día.

–Vaya, qué horror.

–No era para tanto, Ruben. Por lo menos, a él lo tenía un ratito para mí de vez en cuando. Mi madre, por el contrario, se pasaba el día entero al teléfono.

Pobre Ellie. Ruben decidió que lo mejor que podía hacer por ella era prestarle toda su atención… aquella noche, así que permaneció tumbado a su lado mientras se reía cada vez que decía su nombre. La conversación fue haciéndose cada vez más personal.

Ellie en un momento dado, le preguntó a Ruben por la muerte de su padre y la marcha de su madre a Francia. Ruben intentó alejarse del tema porque aquella época de su vida había sido muy desagradable, pero Ellie lo envolvió con su cuerpo y no se lo permitió.

–No me gusta hablar de ello –admitió.

Ellie lo abrazó y susurró su nombre. Ruben nunca había hablado de aquello con nadie, no le había contado a nadie lo duro que había sido cuidar de su padre cuando estaba en estado terminal y su madre había tirado la toalla. Nunca había compartido aquella carga tan pesada con nadie, jamás había hablado de su terrible pérdida, de la impotencia, de la soledad, de aquel dolor que no quería volver a sentir jamás.

–Ruben –murmuró Ellie con cariño, acariciándolo con su voz con mucha dulzura.

A Ruben le pareció que lo entendía y que, de alguna manera, absorbía aquel dolor profundo que llevaba dentro y, por primera vez en su vida, se relajó en un abrazo. Ellie lo sostuvo entre sus brazos y él se lo permitió hasta que el repentino momento de melancolía hubo pasado y ya no quiso su consuelo sino otra cosa.

–¿Qué haces? –le preguntó Ellie al ver que se movía.

–Voy a encender la luz –contestó Ruben.

–¿Por qué?

–Porque, para cuando haya terminado contigo, no te vas a acordar de mi nombre ni del tuyo –contestó Ruben agarrándola de las piernas y tirando de ella hacia él.

–Qué bien suena eso –contestó Ellie riéndose.

Ellie se despertó unas horas después.

–Madre mía, qué niebla –comentó mirando por la ventana.

–Sí, no vamos a poder despegar con este tiempo.

–Pero no podemos quedarnos aquí otra noche –se escandalizó Ellie.

–No nos va a quedar más remedio, volar en estas condiciones climatológicas sería muy arriesgado.

Ellie había conseguido aguantar una noche, pero no sabía si iba a ser capaz de aguantar otra, porque se estaba jugando el corazón.

—Pero…

—Tranquila, tampoco vamos a poder hacer nada porque nos hemos quedado sin preservativos.

—¿Lo dices en serio?

—Sí, solo tenía tres.

¿Cómo no se le había ocurrido a ella comprar también? ¡Tendría que haberse llevado una tonelada! ¿Y solo lo habían hecho tres veces? Le parecía que habían sido muchas más. Debía de ser porque, por supuesto, había habido otro tipo de orgasmos.

—Posiblemente, será lo mejor —recapacitó cerrando los ojos—. Con lo de anoche ha sido suficiente —añadió rezando para que la niebla se despejara pronto y pudieran irse cuanto antes.

—Tienes razón —comentó Ruben.

—¿Cómo? —se rio Ellie para ocultar su sorpresa—. ¿Puedes volver a decirlo, por favor?

—Tienes razón —repitió Ruben.

—Un poco más alto.

Ruben agarró la almohada que tenía bajo la cabeza y se la lanzó.

—Vaya, un hombre que puede admitir que otra persona, una mujer, tiene razón —bromeó Ellie para ocultar la decepción que le producía no poder volver a acostarse con él y que para Ruben una sola noche hubiera sido de verdad suficiente—. ¿Cómo es que te han dejado escapar? Deberían estar todas corriendo detrás de ti.

–Será porque me convierto en hombre lobo cuando hay luna llena –bromeó Ruben recordando aquella broma de la primera vez.

–Todavía con más razón –contestó Ellie–. A las mujeres nos encantan los hombres con un toque animal, ya lo sabes.

–A ti, desde luego que te gusta –contestó Ruben enarcando las cejas.

Ellie se mojó los labios, echó la cabeza hacia atrás y aulló. Aunque apenas habían dormido un par de horas, parecía que ninguno de los dos tenían sueño, así que en un tácito y mutuo acuerdo se vistieron, bajaron y se sentaron en la alfombra frente a la chimenea.

–Solo quedan barritas de muesli –anunció Ruben–. Siento mucho no tener nada más.

–Me encantan las barritas de muesli –le aseguró Ellie.

–Ni siquiera tengo una baraja de cartas aquí –se lamentó Ruben.

–Mejor, porque solo sé jugar al póquer –contestó Ellie decidiendo, al ver la mirada pícara de Ruben, que había llegado el momento de cambiar de tema–. ¿Te he dicho que me han nominado para un premio? –le preguntó sonriente.

–No –contestó Ruben muy satisfecho de sí mismo al saberse el responsable de aquella sonrisa.

–¡Bueno, es un premio que no es muy importante, pero yo estoy muy ilusionada porque solo llevo dos meses trabajando y ya se han fijado en mí! –exclamó Ellie sentándose sobre sus galones.

¿Entonces esa era la razón de su sonrisa? ¿No era por que hubiera pasado una noche de sexo maravillosa con él? Ruben se sintió estúpido.

–Me alegro mucho por ti –le dijo–. ¿Cuándo te lo han comunicado?

–Hace unos días –contestó Ellie.

¿Hacía unos días? Pero si hablaban por teléfono todas las noches.

–¿Y por qué no me lo habías dicho? –quiso saber, algo molesto.

–Te lo quería contar en persona porque quería ver tu reacción –contestó Ellie.

–Ah –contestó Ruben sintiéndose algo mejor–. Bueno, pues es fantástico. Me alegro por ti.

–Por fin sé lo que quiero hacer en la vida, tengo el mejor trabajo del mundo –comentó Ellie mordiendo la barrita de muesli.

A Ruben le encantaría estar a su lado cuando ganara el premio porque seguro que lo ganaba. Le encantaría abrazarla en aquel momento O, bueno, para ser sinceros, darle algo más que un abrazo.

–¿Y cuándo se anuncia al ganador?

–El fin de semana que viene. Habrá un acto con cena y entrega de premios.

–¿Puedes ir con acompañante?

–No lo sé…

–Si puedes, ¿me llevas contigo?

–¿Quieres venir? –le preguntó encantada.

–Por supuesto, ¿para qué están los amigos? –dijo Ruben recordándose que eso era lo que eran a partir de entonces.

—Amigos —repitió Ellie.

—Seguimos siendo amigos, ¿no?

—Por supuesto —contestó Ellie intentando sonreír.

Ruben se alegró cuando la niebla se disipó y comenzó a brillar el sol con fuerza porque necesitaba tiempo a solas para dilucidar qué había ocurrido.

Volaron hasta el aeropuerto, desde donde Ellie viajó a Wellington sola porque Ruben se iba a quedar un par de días más en su propiedad. Se despidieron en la puerta de embarque con un beso apasionado que no eran muy propio de unos amigos.

Aquello hizo que Ruben se planteara que, quizás, pudieran mantener la amistad por teléfono y la pasión cuando se vieran. No estaría mal. A lo mejor, verse así sería lo mejor para que su relación durara mucho.

Tres días después, Ellie se paseaba por su despacho. Se suponía que tenía que estar cerrando ya la próxima visita, pero no se podía concentrar. Menos mal que su jefa creyó que era porque la entrega de premios estaba cerca y no por Ruben.

Lo iba a ver al día siguiente y sabía que venía en plan de amigos, pero no podía evitar estar nerviosa porque, a lo mejor, pasaba algo...

Definitivamente, quería algo más que una amistad con él. Jamás se había sentido tan cerca de nadie como se había sentido de él en aquella cabaña. Jamás se había sentido tan cerca del cielo.

***

Ruben estaba consultando su calendario y planeando viajes a Wellington para ver a Ellie cuando sonó el teléfono.

Anthony MacKenzie, dueño de una cadena de grandes almacenes de Australia, estaba en el país. con su hermana.

–Nos encantaría tener una reunión con usted. Nos han contado que se le da muy bien el lujo discreto.

–¿Quieren ustedes alojarse en una de mis propiedades?

–Lo que queremos es que venga usted a Australia y nos construya unas cuantas.

Ruben se quedó paralizado por la emoción. No había pensado en expandir tanto su negocio, pero supo aprovechar la oportunidad.

–¿Cuándo les viene bien que nos veamos?

Anthony le propuso al día siguiente, lo que hizo que Ruben frunciera el ceño, pero la reunión sería por la tarde y el evento de recogida de premios con Ellie era por la noche. Seguro que le daba tiempo de tomar el último vuelo y, si no lo conseguía, siempre podría volar en su helicóptero.

En cuanto hubo colgado a Anthony, llamó a Ellie para compartir con ella su alegría.

–¿Estás nerviosa? –le preguntó.

–No, me da igual ganar o perder, lo que quiero es pasármelo bien –le aseguró.

135

Ruben sonrió. No lo creía en absoluto. Sabía que Ellie quería ganar.

–Tengo una reunión mañana por la tarde y…

–Ah, y no vas a venir–lo interrumpió Ellie con voz apenada–. No pasa nada. Ya sé que estás muy ocupado. Si no puedes venir, no pasa nada.

Ruben se quedó petrificado al comprender que Ellie esperaba en lo más profundo de sí misma que fuera. Eso era lo que debía de estar acostumbrada a vivir con los demás. Y estaba intentando disimular por todos los medios el dolor que le producía. Se notaba que tenía mucha práctica en ello, pero a Ruben no le gustó la poca confianza que tenía en él.

–Por supuesto que voy a ir –le aseguró–. Tengo la reunión por la tarde y, luego, voy para allá. Es un vuelo corto, así que llegaré a tiempo.

–No tienes por qué…

–Quiero hacerlo, Ellie –suspiró–. Confía en mí.

Ellie permaneció en silencio.

–Muy bien.

Después de aquello, ya no estaba tan contento como en el momento de iniciar la llamada, pero, aun así, le contó lo de la propuesta australiana.

–Qué buenas noticias –contestó Ellie–. ¿Y luego?

–¿Eh?

–¿Y cuando hayas triunfado en Australia? ¿Seguirás expandiendo el negocio por el mundo entero?

–No sé… –contestó Ruben algo contrariado–. Tal vez, Indonesia o Fiyi…

–¿Será suficiente? ¿Por qué no seguir un poco más? –le espetó Ellie.

Ruben no comprendió su ataque y le estaba molestando, pero no quería discutir con ella, así que cambió de tema.

–¿Qué te vas a poner? –le preguntó para intentar levantarle el ánimo–. Estaría bien que te pusieras el vestido negro con las sandalias de tacón alto –le aconsejó.

–Pareces ese amigo homosexual con muy buen gusto que toda mujer quiere tener –comentó Ellie.

Ruben se obligó a reírse, pero el comentario no le había hecho ninguna gracia.

–¿No era eso lo que tú querías, que fuéramos amigos?

Ruben se entrevistó con Anthony y Annabel MacKenzie al día siguiente. Resultaron ser dos hermanos de carácter fuerte que sabían muy bien lo que querían.

–Llevamos un tiempo observándote, tenemos amigos en común que nos han hablado muy bien de ti y lo que hemos visto hasta el momento nos ha encantado porque se nota que te gusta trabajar, que te entregas a lo que haces y que lo haces muy bien –comentó Annabel, una mujer menuda y decidida.

Ruben sonrió satisfecho.

–Necesitaría poder tener control completo a la hora de tomar decisiones –comentó.

–Así sería –le aseguró Anthony.

Mientras conversaban, Ruben se dio cuenta de

que Annabel era una mujer acostumbrada a conseguir lo que quería. En eso, se parecía mucho a él. Los dos eran ambiciosos y estaban dispuestos a hacer sacrificios para conseguir sus sueños.

Le estaba interesando mucho lo que le estaban proponiendo, pero, por alguna extraña razón, le estaba costando concentrarse, algo que nunca le había sucedido. Hasta aquel momento, su trabajo era lo único importante en su vida. Durante mucho tiempo, había sido lo único que había tenido. Ni familia ni amigos, solo el trabajo. Se había esforzado mucho y había obtenido muy buenos resultados.

Sin embargo, la crítica de Ellie le rondaba la cabeza. No podía permitirse el lujo de que las opiniones de Ellie le importaran. No quería tener que contar con su aprobación porque, entonces, dejaría de ser él, pero lo cierto era que las dudas de Ellie le habían minado la moral.

Se despidió de los hermanos australianos prometiéndoles pensar en su propuesta y llamarlos con una contestación cuanto antes.

Tomó un taxi al aeropuerto y se sintió tremendamente solo. Al instante, supo por qué se sentía así y se recriminó a sí mismo estar constantemente pensando en Ellie. Tenía que dejar de pensar en ella y ponerse a pensar en los negocios.

Decidió que lo suyo tenía que terminar, que Ellie tenía que salir de su vida para que pudiera concentrarse en lo que era más importante para él. Decidió decírselo aquella misma noche, después de la entrega de premios.

Apretó los puños. Estaba nervioso por volver a verla. Y todavía más nervioso porque le iba a decir que lo suyo se había terminado.

No le había servido de nada pasar una noche de pasión con ella, seguía queriendo más. Seguir viéndola no haría sino empeorar las cosas. Lo mejor que podía hacer era marcharse a Australia cuanto antes.

Además, Ellie ya tenía otros amigos y, en cualquier caso, estaba segura de que la iba a fallar. Había quedado claro cuando había creído que no iba a ir a la entrega. Contaba con que la dejara tirada.

Ellie tenía un trabajo que le encantaba y que resultaba completamente incompatible con el suyo. Lo que menos necesitaba en aquellos momentos era un hombre a su lado que la distrajera. Estaba en un buen momento profesional, en el mejor, haciendo lo que le gustaba, convirtiéndose en una adicta al trabajo exactamente igual que él.

Frunció el ceño. Ellie estaba cansada porque cada vez trabajaba más. Necesitaba un descanso. Ruben soñó con llevársela de nuevo a la cabaña y meterla en la cama para que durmiera todo lo que quisiera. Tuvo que ser sincero consigo mismo. Meterla en la cama, sí, pero no para dormir, precisamente.

–He cambiado de opinión –le indicó al conductor–. Volvemos a la ciudad, por favor –añadió dispuesto a quedarse un par de días en un hotel estudiando la propuesta australiana.

No quería hablar con Ellie, así que decidió desconectar el teléfono móvil, pero antes de hacerlo le mandaría un mensaje de texto. Se quedó mirando la pantalla sin saber qué escribir. Estaba tan concentrado en dilucidar cómo acabar con aquello de la mejor manera que no vio el cruce, no vio el coche que se saltó el semáforo y tampoco oyó el choque porque en aquel momento lo único que veía eran los ojos de Ellie, aquellos ojos grandes y brillantes.

Ellie se había comprado uno nuevo en tono azul marino, de seda. Se sentía de maravilla con él, de lo más sensual. Se maquilló, se peinó y se puso unas sandalias de locura, altísimas.

Estaba muy emocionada porque iba a volver a ver a Ruben.

–Estás fantástica –le dijo Bridie cuando la vio aparecer.

Habían quedado en un bar cerca del lugar en el que iba a tener lugar la entrega de premios. Ruben le había dicho que aparecería allí directamente. Mientras se tomaba una copa, miró dos o tres veces el móvil por si le había mandado algún mensaje. Nada. Se dijo que el vuelo iría con retraso. Veinte minutos después, le mandó un mensaje porque se tenía que ir ya.

Se sentó en su mesa muy nerviosa. Sentía las manos frías y sudorosas y el corazón latiéndole aceleradamente. Lo que también se aceleró fue el tiempo y, en un abrir y cerrar de ojos, estaban anunciando a los nominados. Bridie estaba a su derecha y a su izquierda había una silla vacía, pero no pasaba nada, claro que no... intentó convencerse de que los canapés, el vino y los compañeros de trabajo eran suficiente.

Volvió a consultar su teléfono móvil. Bridie le preguntó por la tardanza de Ruben y Ellie le contestó que el vuelo llegaba con retraso, pero no era cierto. Había consultado la página del aeropuerto diez minutos antes y había visto que todos los vuelos habían llegado bien.

Ellie disimuló magistralmente la desazón. Era evidente que Ruben no quería estar allí con ella.

Era evidente que, para él, lo primero era el trabajo y Ellie tenía claro que no quería ser el segundo plato de nadie. Qué ingenua había sido. A Ruben solo le interesaba una cosa de ella: sexo.

Cuando llegó el momento de las nominaciones, dijeron su nombre, pero el premio se lo llevó otra persona. Ellie sonrió y aplaudió, se comió otro canapé y bebió más vino, conversó con entusiasmo con los compañeros que había a su alrededor y se dijo que, desde luego, tendría que haber sido actriz porque se le daba muy bien disimular la tristeza.

Luego, se dijo que lo mejor que podía hacer era salir con sus amigos después de la entrega, pasárselo bien y disfrutar de su compañía. Sí, salir con sus amigos de verdad. Ruben no era uno de ellos.

Capítulo Diez

A Ruben le dolía mucho la cabeza. En realidad, le dolía todo el cuerpo. Estaba solo, exactamente como siempre había creído que quería estar. Cuánto se había equivocado.

Seguro que podía llamar a alguien. Tenía un montón de nombres en su agenda, nombres de supuestos amigos, pero, ¿qué harían? Irían y se sentarían a su lado y hablarían del tiempo o de política o de deportes… ninguno de ellos lo conocía de verdad y él tampoco los conocía a ellos. Siempre había mantenido la distancia y se daba cuenta ahora de lo solo que estaba en realidad.

Se daba cuenta porque había una persona que había sabido hacer que aquella distancia desapareciera, una persona a la que se moría por ver, a la que quería a su lado, aquella persona con la que llevaba tres días intentando ponerse en contacto.

Ellie no contestaba a las llamadas. La había llamado cincuenta veces y siempre le saltaba el contestador automático. Incluso había llamado desde una línea fija para que no reconociera su número, pero tampoco había contestado.

Ruben comprendió que, aunque el accidente no hubiera tenido lugar, habría mandado el mensaje de texto y el resultado habría sido el mismo. Una vida solitaria en la que Ellie no habría contestado a sus llamadas.

Se encontraba en el hospital, con varias costillas rotas, por lo que no podía huir a Australia.

Ellie se había comprado un teléfono nuevo y estaba decidiendo qué tono de llamada le gustaba más cuando el aparato sonó de repente. No identificó el número, pero contestó de todas maneras.

—¿Sí?

—¿Vas a seguir castigándome mucho más tiempo?

Ellie dio un respingo.

—He estado muy ocupada —contestó.

—¿Por qué me tratas así si soy tu amigo? ¿Por qué no has contestado a mis llamadas?

—Porque he perdido mi teléfono —mintió Ellie. En realidad, lo había tirado al puerto en un arranque de rabia.

Aquello la llevó a preguntarse cómo habría conseguido Ruben su nuevo número.

—¿No me vas a gritar ni nada? ¿No estás enfadada conmigo?

—No, Ruben, no estoy enfadada —le aseguró sentándose en el suelo porque las piernas no la sostenían—. Estoy bien.

—¿De verdad?

—De verdad —contestó orgullosa—. No pasa nada, no me voy a morir por que no vinieras. La verdad es que me lo pasé muy bien. Fue una fiesta maravillosa.

—Sí, he visto las fotos en vuestra página de Facebook.

—Ya…

Silencio.

—Ruben, ¿te acuerdas de nuestro pacto de ser solo amigos? —le preguntó Ellie.

—Sí, ¿qué pasa?

—Bueno, a mí no me está funcionando —confesó Ellie.

—¿Y eso?

Ellie cerró los ojos y decidió que lo mejor era ser completamente sincera.

—La verdad es que me impide conocer a otros hombres —declaró.

—¿Quieres conocer a otro hombre?

—Sí, creo que sería lo mejor para mí —contestó apretando los puños y sintiendo náuseas.

Definitivamente, era lo mejor. Estaba claro que Ruben solo la quería para la cama. Tenía que pensar en sí misma y en lo que era mejor para ella.

—¿Ni siquiera me lo vas a decir en persona?

—No, te lo estoy diciendo por teléfono. Y tienes suerte de que no te lo haya dicho por escrito en un mensaje de texto porque he estado a punto de hacerlo —declaró Ellie.

—¿Es porque no fui a la entrega?

—Vaya, qué sagaz —le espetó Ellie.

—Ellie…

—No hace falta que me des explicaciones ni que

me pongas excusas. Lo entiendo perfectamente. No te importo.

–Mira, la amistad no es una cosa unilateral –le espetó Ruben también enfadado–. No has sido la mejor amiga del mundo conmigo, ¿sabes?

–No creo que nunca fuéramos amigos de verdad, Ruben. La verdad es que no creo en la amistad entre hombres y mujeres, así que creo que lo mejor es que la muestra se termine hoy mismo, ¿de acuerdo? –le soltó cortando la llamada, furiosa.

En aquel momento, alguien llamó a la puerta con fuerza. Ellie bajó las escaleras a toda velocidad.

–¿Qué haces aquí?

–Es mucho mejor hablar cara a cara –contestó Ruben.

–¿Por qué demonios no viniste? –quiso saber Ellie.

–Tuve un accidente de coche.

Ellie sintió que el aire no le llegaba a los pulmones.

–No me lo creo.

–Sí, de camino al aeropuerto.

–¿Y por qué no me llamaste? –siguió gritando Ellie porque estaba asustada.

–Lo intenté al día siguiente, cuando recuperé la consciencia, pero me saltaba todo el rato tu contestador.

Ellie se sintió fatal. Ruben había pasado por aquello solo y seguro que se había sentido abandonado de nuevo. Ellie sintió que se le rompía el corazón.

Ruben había decidido de camino hacia allá que iba a hacer todo lo que estuviera en su mano para recuperar a aquella mujer, lo que fuera necesario.

–Se supone que los amigos están para cuidar el uno del otro –le espetó–. ¿Por qué no me llamaste tú para ver qué me había pasado?

–Te mandé un mensaje de texto –se defendió Ellie.

–Un mensaje de texto –repitió Ruben en tono dolido–. Y nada más. No me llamaste ni esa noche ni al día siguiente. Menos mal que éramos amigos –le recriminó.

–¿Me estás diciendo que es culpa mía?

Sí, efectivamente, todo era culpa de Ellie.

–No te importo lo suficiente como para que te preguntaras dónde estaba y en qué estado.

Ellie palideció.

–Nunca se me pasó por la cabeza que te pudiera haber ocurrido algo.

–Claro que no. Era más fácil dar por hecho que te iba a fallar –contestó Ruben–. Y así fue. Eso fue exactamente lo que iba a hacer.

Dicho eso, vio que Ellie lo miraba horrorizada.

–Antes de tener el accidente, había decidido no venir –le explicó decidiendo ser sincero.

–¿Qué quiere decir eso? –le preguntó Ellie distanciándose de él y apoyándose en la pared.

–Había tomado la decisión de poner fin a nuestra amistad. Te estaba mandando un mensaje de texto para decirte que no iba a venir cuando ocurrió el accidente.

Ellie se quedó mirándolo fijamente y Ruben sintió el dolor que le estaba causando como si fuera el suyo propio porque su corazón le pertenecía.

–¿Por qué me estás contando todo esto? –quiso saber Ellie.

–Porque quiero ser sincero contigo, quiero que las cosas queden claras. No quiero ser tu amigo, Ellie. Lo que quiero es ser tu pareja –declaró–. No puedo dejar de pensar en ti.

–A lo mejor lo consigues si lo intentas un poco más –contestó Ellie muy enfadada.

–Ellie, no puedo vivir sin ti –murmuró Ruben.

–Querrás decir que no puedes vivir sin acostarte conmigo.

–No, no es eso –le aseguró Ruben–. Llevo semanas sin acostarme contigo –añadió sintiendo que la costilla le molestaba al elevar la voz–. Al principio, el sexo era muy importante, pero luego te descubrí a ti como persona.

Ellie no pensaba creérselo.

–Solo me llamabas porque era un desafío para ti y, en cuanto me conseguiste en la cabaña de la montaña, dejé de interesarte.

–Eso no es cierto.

–¿Qué es lo que quieres de mí?

–Ellie –dijo Ruben apoyándose en la puerta a causa del dolor en el pecho–. No puedo dormir, apenas como, no me puedo concentrar en nada, ni siquiera en el trabajo, no quiero seguir obsesionado. He intentado sobreponerme, pero no puedo seguir luchando. Lo único que quiero es estar contigo, pero nunca he sabido estar con nadie y no quiero hacerte sufrir porque tú no te lo mereces, tú te mereces mucho más de lo que yo puedo darte.

Ellie se quedó mirándolo fijamente, sorprendida.

—¿Por qué crees que merezco mucho más de lo que tú puedes darme?

—Porque nunca he sido capaz de darle nada bueno a nadie. La verdad es que no me gusta nada sentirme tan descontrolado como me siento ahora —confesó yendo hacia el sofá—. Mis padres no pudieron realizarse como personas porque su relación los limitó a los dos. Sé que fueron felices, pero me parece frustrante. Nos vinimos a vivir aquí cuando yo tenía seis años, yo tenía acento francés y un padre muy viejo al que adoraba y al que se le ocurrió comprar una propiedad en ruinas y decidir que lo iba a convertir en un *château* —recordó Ruben intentando reírse—. Lo planeó todo, muy bonito, pero hasta ahí llegó, no pudo hacer nada más.

—Pero tú lo hiciste por él —recapacitó Ellie—. ¿Crees que el amor que sentía por tu madre lo limitó y no le dejó cumplir con sus deseos?

—No solo a él, a los dos. Nadie puede tenerlo todo y, si quieres hacer algo, es mejor ser libre para hacerlo.

—Bueno, a lo mejor ninguno de los dos quería realmente hacer nada. A lo mejor, tu padre estaba encantado de ser el marido de tu madre y tu padre. A lo mejor, prefería pasar tiempo contigo soñando con su *château* que robártelo construyéndolo de verdad. Seguro que estaría muy orgulloso de ti por todo lo que has alcanzado profesionalmente, pero no sé si estaría tan contento de ver lo solo que te has quedado.

Ruben permaneció en silencio.

–Mi ex me solía echar en cara que estaba todo el día trabajando –comentó de repente–. Tuve que elegir entre ella y un proyecto y elegí el trabajo. No quiero hacerte daño y no quiero perderte, pero no sé cómo hacerlo.

–Yo no soy tu ex. Yo quiero apoyarte, no limitarte –le aseguró Ellie–. Y quiero que tú me apoyes a mí. ¿Por qué no vamos a poder conseguir cada uno nuestros sueños estando juntos?

–Ellie, eres la primera mujer que me importa más que el trabajo, eres la única mujer que quiero a mi lado y voy a seguir insistiendo mientras sea necesario.

A Ellie se le llenaron los ojos de lágrimas.

–Ellie, lo eres todo para mí –insistió Ruben poniéndose delante de ella–. Te quiero tal y como eres, no hace falta que seas de otra manera, eres perfecta para mí –añadió acercándose un poco más–. Te necesito en mi vida, lo he comprendido ahora que he intentado vivir sin ti.

–¿Estás insistiendo? –sonrió Ellie mientras gruesas lágrimas le resbalaban por las mejillas.

–Estoy siendo sincero. No quería hacerte daño y te lo he hecho y no te puedes ni imaginar cuánto lo siento, pero lo cierto era que yo tampoco quería sufrir y me pareció que lo mejor para los dos era huir, pero me equivoqué –concluyó tomando aire–. Lo cierto es que soy exactamente igual que mis padres, amo tan profundamente como ellos y te amo a ti. No puedo soportar estar separado de ti, quiero estar contigo todo el rato, no quiero huir, no quiero irme, no quiero separarme de ti –confesó negando con la cabeza–. No puedo dejar de pensar en ti, te echo de menos como un loco, tanto que me duele.

Ellie lo comprendía perfectamente porque a ella le pasaba lo mismo.

–Nunca he sentido por nadie lo que siento por ti. He intentado sobreponerme a ello, controlarlo, pero no he podido. Quiero estar contigo –insistió Ruben tomándola de las manos–. No quiero separarme de ti, quiero permanecer a tu lado –añadió mirándola intensamente a los ojos–. Eres lo más importante que hay en mi vida.

Ellie asintió y tragó saliva.

–Eso es lo más bonito que nadie me ha dicho nunca –confesó con un nudo en la garganta.

–Por favor, déjame que te ame –le pidió–. Estoy dispuesto a hacer lo que haga falta.

–Lo único que tienes que hacer es amarme –contestó Ellie–. No quiero que dejes nada por mí, nada que sea importante para ti. Los australianos, por ejemplo.

–Ya encontrarán a otro. Mi objetivo no es dominar el mercado global, me conformo con el nacional.

–¿De verdad?

–Tengo muchas cosas que hacer por aquí… profesional y personalmente, contigo.

Ellie sonrió.

—Yo, también. Por ejemplo, ser la mejor guía del país.

—Claro que sí —asintió Ruben—. Podría ir a verte de vez en cuando al trabajo. Incluso hacer alguna visita contigo y tus grupos —improvisó—. Se me ocurre que podría aprenderme los diálogos de alguna película y que me dieras un súper premio.

Ellie se rio.

—No sé si podría contigo en el autobús.

—Prometo solemnemente que nunca intentaría meterle mano durante el trabajo, solo por las noches en el hotel.

—Ya, lo que pasa es que no sé si yo podría evitar abalanzarme sobre ti —contestó Ellie—. A lo mejor yo también podría acompañarte en tus viajes.

—Por supuesto. Aunque no creo que vaya a viajar tanto como hasta ahora. Me quiero quedar más tiempo aquí, en la ciudad, contigo.

—¿Te vas a venir a vivir conmigo? —le preguntó Ellie enarcando las cejas.

—Si me aceptas… —contestó Ruben.

—¿Crees que sería suficiente para ti?

¿Y si se cansaba? ¿Y si se aburría y sentía que ella lo estaba limitando?

—Ellie, lo que te estoy proponiendo es un compromiso a largo plazo, un compromiso de por vida. Literalmente. Quiero formar una familia contigo.

—¿Quieres tener hijos conmigo? —se sorprendió Ellie.

Ruben asintió.

—Quiero ocuparme de ellos, no quiero que tengan que andar inventándose de todo para que les preste atención, no quiero hacerles eso, quiero que sepan desde el principio lo importantes que son.

Ellie lo abrazó. Ruben había comprendido lo importante que aquello era para ella.

—A lo mejor basta con decírselo…

—No, las palabras no son suficientes —declaró Ruben—. Hay que demostrarlo. Las palabras no significan nada si no van acompañadas de acciones. Quiero demostrarles que son importantes y también quiero demostrártelo a ti.

—Ya lo has hecho.

—No he hecho más que empezar. Te quiero, Ellie. Déjame que te lo demuestre el resto de nuestras vidas.

Ellie había soñado a menudo con un final de Hollywood, pero aquel estaba siendo mucho mejor. Veía completa sinceridad en los ojos de su amante y sentía una dicha absoluta en todo su ser. Reía y lloraba a la vez. Cerró los ojos con fuerza y se abrazó a Ruben, aferrándose a él.

Sí, la pasión estaba allí, pero basada en una llama eterna, en un calor seguro que se llamaba amor. Jamás se había sentido tan valorada, tan querida, tan especial. Ruben era su compañero de vida, su igual, e iban a trabajar juntos.

—Te quiero —declaró.

—Te deseo —gimió Ruben tomándola en brazos.

—No sé si esto es muy buena idea. Estás herido —le recordó Ellie.

—Estoy bien –protestó Ruben.

—Eso no es verdad.

—Por favor, no me entretengas, que ⌐
do lo que puedo –bromeó Ruben.

Ellie le acarició la mejilla y sonrió obnu⌐
permitiendo que la condujera en brazos a su ⌐or-
mitorio. Una vez allí, intentó ocultar su sorpresa al
ver los moretones que le recorrían el cuerpo.

—No es para tanto –le aseguro Ruben.

—Mentiroso –contestó ella besándolo en las costillas amoratadas.

—Te quiero.

—Nunca habíamos practicado sexo de forma tan
sencilla.

—Esto no está siendo sencillo y no estamos practicando sexo –jadeó Ruben mientras Ellie lo besaba
por todo el cuerpo–. Esto es hacer el amor. Estamos
haciendo el amor.

—Claro que sí –contestó Ruben mientras la penetraba.

—Y lo vamos a hacer muy despacio.

—Muy bien –declaró Ellie.

Sus miradas se encontraron y ambos sonrieron.

—Soy el hombre más afortunado del mundo –declaró Ruben abrazándola con cariño un rato después.

—Y yo, la mujer más afortunada del mundo –se
rio Ellie.

—Eso no te lo voy a discutir.

—Ya lo sé –contestó ella muy feliz.

Epílogo

Un año después

–Sé que no voy a ganar, pero el mero hecho de estar nominada ya es increíble. No me esperaba que me nominaran dos años seguidos.

–No intentes convencerme de que te conformas con que te hayan nominado. A todo el mundo le gusta ganar. A ti, también –contestó Ruben.

–Ganar estaría bien, pero, si no gano, no me va a pasar nada –le aseguro Ellie–. Pase lo que pase, pienso disfrutar de la velada –añadió recordando la superfiesta que habían montado el año anterior a pesar de no haber ganado.

Aquel año, iba a ser mucho mejor porque tenía a Ruben a su lado.

–¿De verdad?

Ellie asintió.

–Te tengo a ti y tengo un trabajo que me encanta. La vida no me podría ir mejor.

–Te he comprado una cosa –Ruben sonrió.

–¿Un premio de consolación para que no me sienta mal si no gano? –le preguntó Ellie.

–Yo no diría que es un premio de consolación, pero te lo daré más tarde.

–¿Por qué no me lo das ahora? –insistió Ellie acercándose peligrosamente.

–Porque todavía ni siquiera han anunciado tu categoría.

–Da igual. Anda, dámelo ahora, dámelo ya…

–No, es para luego.

–Por favor.

Ruben suspiró.

–No te puedo negar nada –accedió metiéndose la mano en el bolsillo–, pero espero que no me digas que no.

Dicho aquello, abrió la cajita que tenía en la mano. Ellie se quedó mirándola. De repente, el ruido de la sala desapareció. Todos los presentes también habían desaparecido. Solo existían en el mundo Ruben y ella.

–Oh, Ruben.

–Ya sé que es un lugar un poco raro para hacer esto, pero…

Ellie elevó la mirada. Solo lo veía a él, sus maravillosos ojos marrones, su maravillosa sonrisa y el amor que irradiaba de él hacia ella.

–¿Qué me dices? ¿Te quieres casar conmigo?

–Por supuesto que sí –contestó Ellie.

No oyó que la estaban llamando por megafonía, pues estaba demasiado ocupada besándolo.

Bridie le tuvo que dar una palmadita en el hombro para decirle que acababa de ganar el premio a la mejor guía del año.

Ellie subió al escenario, recogió el premio y volvió a su asiento sin recordar absolutamente nada de lo que había dicho en su discurso de agradecimiento, pero todo el mundo se había reído y había aplaudido, así que debía de haber estado bien.

Ruben la estaba esperando.

Solo tenía ojos para ella.

Corrió hacia sus brazos. La vida era mucho mejor que cualquier invención de Hollywood, y Ellie Summers hacía ganado el mejor premio del mundo.

Deseo™

Exquisita seducción
CHARLENE SANDS

Para la actriz de Hollywood Macy Tarlington, lo único que tuvo de bueno subastar los bienes de su madre fue disfrutar viendo a Carter McCay, el alto texano que había comprado uno de los anillos. Y, todavía mejor, que este la rescatase de los paparazzi cual caballero andante.

Carter se la llevó a su rancho, donde ocultó su identidad por el día y la deseó por la noche. Se había cerrado al amor, pero no podía dejar de fantasear con ella. Macy era demasiada tentación, incluso para un vaquero con el corazón de piedra.

¡Vendido al sexy vaquero!

¡YA EN TU PUNTO DE VENTA!

Acepte 2 de nuestras mejores novelas de amor GRATIS

¡Y reciba un regalo sorpresa!

Oferta especial de tiempo limitado

Rellene el cupón y envíelo a

Harlequin Reader Service®
3010 Walden Ave.
P.O. Box 1867
Buffalo, N.Y. 14240-1867

¡Sí! Por favor, envíenme 2 novelas de amor de Harlequin (1 Bianca® y 1 Deseo®) gratis, más el regalo sorpresa. Luego remítanme 4 novelas nuevas todos los meses, las cuales recibiré mucho antes de que aparezcan en librerías, y factúrenme al bajo precio de $3,24 cada una, más $0,25 por envío e impuesto de ventas, si corresponde*. Este es el precio total, y es un ahorro de casi el 20% sobre el precio de portada. !Una oferta excelente! Entiendo que el hecho de aceptar estos libros y el regalo no me obliga en forma alguna a la compra de libros adicionales. Y también que puedo devolver cualquier envío y cancelar en cualquier momento. Aún si decido no comprar ningún otro libro de Harlequin, los 2 libros gratis y el regalo sorpresa son míos para siempre.

416 LBN DU7N

Nombre y apellido	(Por favor, letra de molde)

Dirección	Apartamento No.

Ciudad	Estado	Zona postal

Esta oferta se limita a un pedido por hogar y no está disponible para los subscriptores actuales de Deseo® y Bianca®.
*Los términos y precios quedan sujetos a cambios sin aviso previo.
Impuestos de ventas aplican en N.Y.

SPN-03   ©2003 Harlequin Enterprises Limited

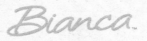

**¡Un heredero del imperio Casella
no podía nacer fuera del matrimonio!**

Una noche apasionada con un taciturno brasileño cambió la vida de Holly George. Luiz Casella no solo era multimillonario... ¡también era el padre del hijo que estaba esperando ahora!

Pero, a pesar de que pudiera ponerse todos los vestidos de seda y los diamantes que Luiz quisiera regalarle, siempre se sentiría más cómoda trabajando en su refugio para animales. No obstante, tenía la impresión de que tendría que acostumbrarse a vivir en el mundo de los ricos y famosos...

Rescate en la nieve

Cathy Williams

Paraíso de placer

KATE CARLISLE

¿Ciclo de ovulación? Comproba-
do. ¿Nivel de estrógenos? Perfecto. Ya nada podía impedir que
Ellie Sterling se quedara embarazada en una clínica de fertili-
dad. Nada, excepto la oferta de
su buen amigo y jefe: concebir
un hijo al modo tradicional.

Aidan Sutherland no deseaba
convertirse en padre. Solo pretendía impedir que su mejor em-
pleada y futura socia abandona-
ra la empresa. Pero el romántico
plan a la luz de las velas diseña-
do para retenerla se transformó
en puro placer. Tras una noche
con Ellie, el seductor millonario se sintió confuso y, aunque pareciera increíble…, ¿enamorado?

Preparados, listos... ¡Ya!

[2]

¡YA EN TU PUNTO DE VENTA!